息ができない。胃も喉も食道も、
全てが焼けつくように熱い。
視界が真っ暗になって、ぐらりと
体が揺れて、何かに抱きとめられた
その瞬間。
「ヴィオラ!」と、アルバート様の、
私の名前を呼ぶ声が聞こえた。

痛くて、熱くて、苦しい。
もしかして今までのことは全部夢で、私はまだあの
病室のベッドの上にいるんだろうか。
「ヴィオラ……」
そう思っていた時、アルバート様の声が聞こえた。
額に乗せられた冷たい手がひやりと心地よくて、薄目
を開けるとそこには辛そうな顔をするアルバート様が
いた。
「すまない……」

「どうして泣いているんだ……」
「だん、旦那様は……」
言葉は繋がらなかった。ぼたぼたと熱い涙が
次から次へと頬を伝い、絨毯に落ちていく。
止めどなく溢れる私の涙に、アルバート様は
困り果てたように眉を下げて、「泣かないでくれ」
と、私の頬や目元を、繋いでいない指先で何度
も拭った。
「ずっと私を、守って、くれていたんですね」

次期公爵夫人の役割だけを求めてきた
氷の薔薇と謳われる
旦那様が
家庭内ストーカー
と化した件
皐月めい
Illustration
石沢うみ

✳もくじ✳

プロローグ　7

第一章
変わった趣味の旦那様 12

第二章
王城の舞踏会 78

第三章
情緒奪還大作戦 132

第四章
家庭内ストーカー 200

第五章
あなたは私の世界で唯一 261

エピローグ 284

番外編
アルバートのほしいもの 292

口絵・本文イラスト＊石沢うみ

デザイン＊c.o2_design

プロローグ

初夜だというのに、待てど暮らせど夫が来ない。

「……遅すぎるわ」

寝台に腰掛けたまま、私は仰向けに寝転んだ。足元まである真っ白なナイトドレスがふわりと揺れる。はしたないかもしれないけれど、誰もいないのだから良いだろう。

……本当に誰も来ない。

私は窓から覗《のぞ》く爪の痕のような二日月に向かって、ボソリと「お腹が空いたよう……」と呟《つぶや》いた。


今日、私は初めて顔を合わせた美しい人と結婚した。

朝早くから開かれた盛大な結婚式には国中の高位貴族や王族までもが参加して、城下のパレードには何万もの市民が集まった。

夫も衣装も参列客も、皆きらきらと美しくて。

本当だったら目を輝かせて網膜に焼き付けようと凝視していただろうけれど――、悲しいことにそれどころじゃなかった。

式の間中、ただただお腹が空いていたから。

何せウエディングドレスを美しく着るために、ここ一週間ほどひもじい思いをさせられたのだ。

だから式が終わった瞬間はようやくご飯が食べられる！　と喜び勇んで、るんるんで控えの間に入った……のだけれど。

そこから食事をする間もなく、結婚後の住まいとなった公爵邸に運ばれ、初対面の侍女たちに全身をピッカピカに磨き上げられ「旦那様が参ります」とこの飾り気のない殺風景な夫婦の寝室に押し込まれてから、すでに三時間が経過している。

一応乙女の端くれである私にも、人並み程度にあった初夜の不安や情緒や恥じらいは跡形もなく消え去った。お腹が空いた。お腹が空きすぎてイライラしてきた。

侍女にお願いしようにも、呼べどベルを鳴らせど、先程から誰も来ない。

せめて一言遅れると、サンドイッチなんかをお供に伝言を寄越すべきではないのか！

そう心の中で悪態をつきながら枕をドスドス叩《たた》いていると、扉をノックする音がした。

「どうぞ」

慌てて起き上がって姿勢を正してそう言うと、扉が静かに開き、ようやく今日夫となったアルバート様がやってきた。

氷の薔薇《ばら》と謳《うた》われる、次期公爵アルバート・フィールディング様。

さらりとした銀髪に、冬の海のような青い瞳。

無表情のままこちらを見ているアルバート様は、怖いほど整った美しい顔立ちをしている。

……顔が良いからといって許せないことはあるけど、まあ今回はサンドイッチの一つもくれたら水に流してやってもいいかな……。

そう一瞬で絆《ほだ》されかけたくらいには顔が良かった。

しかし彼が出したのは、サンドイッチではなく冷たく硬い声で。

「……あなたに、一つだけ言っておきたいことがある」

「はい」

遅れてごめんね、という言葉かなと思ったけれど、どうやらそうじゃないらしい。不穏な空気を感じてアルバート様の目を見ると、彼の青い宝石のような瞳には何の感情も浮かんでいなかった。

「私があなたを愛することはない」

「は？」

間抜けな顔をする私を意に介さず、アルバート様は淡々と言葉を続けた。

「できる限りあなたを不幸にはしないと約束しよう。装飾品が好きと聞いた。好きなだけ買えば良い。金は充分に払う。代わりに私があなたに望むことは対外的な妻の——次期公爵夫人の役目のみだ。子どもも必要ない」

「は？」

「子どもは必要ないと言ったんだ。いずれ、後継の条件に合う縁戚の子を養子にする。だから……」

「…………」

ぽふん！

間の抜けた音を立てて、アルバート様のお顔に枕が当たった。

青い瞳が驚きに見開かれ、私はふん、と鼻を鳴らす。

「っ、何を……」

「素敵なお言葉のお礼ですわ！」

にっこり笑うと、アルバート様が更に目を見開いた。

「子どもを持たなくて良い、と仰って頂けたことに感謝します。こんなに失礼な人と閨《ねや》を共にすることほど、屈辱的なことはございませんもの」

投げつけられた枕を抱えて呆然《ぼうぜん》としているアルバート様をぎろりと横目で見ながら、私はさっさと寝台から下りた。

「それでは失礼致します。良い夢を」

吐き捨てるようにそう言って、私はツカツカと部屋から出た。

第一章　変わった趣味の旦那様

私が、王国序列第一位のフィールディング公爵家に嫁ぐことが決まったのはつい半年前のこと。

フィールディング公爵家の当主――アルバート様のお父様が、病に倒れたことがきっかけだった。

見目麗しく聡明《そうめい》な次期公爵のアルバート様には、謎なことに婚約者も恋人もいなかった。

御年二十歳。日々国内外から山のように縁談が持ち込まれていたらしいのだけど、アルバート様は釣書を見ることすらなく全てお断りなさっていたらしい。

それを大層心配したのが、病に臥《ふ》せった公爵様だ。

高位貴族には珍しいロマンチストな公爵様は、『いずれ息子も運命の人に出会えるだろう、結婚は本人に任せる』と見守っていたそうなのだけど、自身が病を患った今、息子が幸せになるまで死ぬわけにはいかないと、ある迷惑な決意をした。

その決意とは『アルバート様が公爵位を継ぐ条件として、自分の古い友人であるグレンヴィル伯爵の娘との婚姻を命じる』ことだ。

グレンヴィル伯爵の娘とは、私――ヴィオラ・グレンヴィルである。

公爵様と父はその昔、お互いの子どもを結婚させようという口約束を交わしたことがあるらしい。

初めてその話を聞いた時は冗談でしょうと笑ったし、冗談じゃないとわかると何のドッキリかと疑ったものだ。公爵家に何の得もなさすぎる。

自慢じゃないがグレンヴィルは一応高位貴族ではあるものの、財力も存在感も家柄もパッとしない、凡庸斜陽伯爵家。

そしてその家の娘である私も、ありふれた栗色《くりいろ》の髪にぼんやりした灰色の瞳。顔立ちはまあまあそこそこだと思うのだけど、氷の薔薇《ばら》様の前では悲しいほどにモブだと思う。

唯一私に平凡じゃないところがあるとするならば、幼い時から前世の記憶を持っていることだろうか。

私の前世は日本という国で人生の殆《ほとん》どを病院のベッドの上で過ごした病弱な少女だったので、前世の記憶が役に立ったことは一度もない。

強いていうなら健康なこの体がありがたすぎて、多少の出来事には打ち勝つ自信があることくらいだろうか。

前世は耐えに耐え抜いたので、今世ではアグレッシブに困難や理不尽に打ち勝っていきたい所存である！

だからこそ今世の私には、『人生を自由に楽しみ尽くす』という野望があった。前世では見られなかった美しいものを眺め、あらゆる美味しいものを食べ、楽しく体を動かし、与えられた二度目の人生をエンジョイすると決めているのだ。

そんな私にとって夢のような玉《たま》の輿《こし》であるアルバート様との結婚は……どちらかといえばハズレ

に近い。窮屈な立場の公爵夫人になって権力をふるうよりも、貧乏でも毎日自由に川で遊んだり山に登ったり、街に出かけたりした方が楽しいと思う。

しかしそんな気の重すぎる結婚とはいえ、我が家が公爵家からの申し出を断れるわけがない。断れたとしても「あの時約束した通り、娘が親友の息子の妻になるとはな……」と遠い目をしてロマンに浸る父が断る筈《はず》がない。多分父と公爵様はロマンス仲間なのだろう。

ということで私とアルバート様のどちらも幸せにならない結婚が急遽《きゅうきょ》決まった。

決まった以上は気が変わらない内に、ということで顔合わせもないままに慌ただしく式が開かれ、初夜のあの惨事を迎えたというわけだ。

あの初夜の後。

私は長すぎる廊下を歩く侍女を捕まえて自室となった部屋に案内してもらい、サンドイッチと温かいスープを食べ、良い気分でぐっすりと眠りに落ちた。

そうして万全の体調で気持ちよく目覚めた今、昨夜のことを思い出して猛烈に後悔している。

「やってしまった……」

次期公爵様の顔に枕を投げつけてしまった……。

「確かに、アルバート様は酷かったけど……」

酷すぎるなんてものじゃないけど。

父親同士の暴走により嫁いできた、罪のないいたいけな空腹の花嫁を放置し、開口一番「あなたを愛することはない」「子どもはよそからもらう」とか言い出して、「あなたを不幸にするつもりはないから金は払う」とかのたまったことはシンプルに人としてどうかと思う。投げつけられたのが枕だったことに、彼は感謝するべきだ。

だけどまあ、ちょっとだけ同情の余地もある。

アルバート様が今回、爵位を継ぐために心底嫌々致し方なく結婚したのだろうということは、誰の目にも丸わかり。

元々国内一の美女から国内一の大金持ちまで選び放題だったアルバート様が結婚を拒否していたということは、きっと彼にはどうしても結婚したくない理由があったのだろう。

例えば絵の中の二次元美人に恋をしたとか、道ならぬ恋を諦めきれずに操《みさお》を立てているとか。

それなのに、よりによって凡庸貴族の凡庸娘と結婚しなければならなかったのだ。きっと心の底から嘆いたことだろう。

それはそれでかなりムカッとくるものがあるし、嘆きたいのはこっちだよ！　とは思うけれども、彼はまだまだ人生一回目の人間初心者。ここは人生二回目の私が、多少大人になってあげることも必要だ。

というか何より謝らなければ実家ごと取り潰されるかもしれない。

いくら健康な体といえども、処刑台に上がったらそれで最期。命は大事。

「謝ろう……」

謝って、最善の関係を作っていこう。

最終的にはお互い災難でしたよねえと愚痴を言いつつ、それでも結婚した以上は楽しくやっていきましょうや、凡庸娘ですが多少懐は広いんですよハッハッハと固く握手を交わすところまで信頼関係を築いていければ、いつの日か甘い結婚生活……は絶対無理でも、縁側代わりのベランダで茶を飲みながら、「あんなこともあったねえ」「そうですねえ」と語り合える仲にはなれるかもしれない。

……そう思っていたのだけれど。


アルバート様の朝は早い。

現在七時半。起きたばかりの私と違って、アルバート様は既に執務室でお仕事をしているらしい。おひさまも昇りたてだというのに勤勉すぎる。

しかしそれなら朝食は別々だろうなと、ちょっとだけホッとして。私は日当たりの良い食堂の、用意された席についた。

健全な精神は、健全に満たされた体に宿る。

謝るという最大ミッションをこなすためにも、まずは腹ごしらえをしなくては。

香ばしく焼かれたジューシーなベーコンや、熱々のコーンスープ。ふかふかの上等な焼き立てパン。テーブルに並べられた美味しそうな食事に目が輝く。

早速パンを食べようと口を開けたとき、きらきら輝くとんでもない美青年がきた。アルバート様だ。

「……おはようございます」

「…………ああ。おはよう」

挨拶を交わすと、彼が席についた。どうやらまだ朝食はすんでいなかったようだ。

朝食前にお仕事をするタイプか……相容れないな……。

そう思いながらも彼の顔をしげしげと眺める。

万全の体調で眺めるアルバート様は破壊力が凄まじい。

特に朝の光の下の彼はありがたい感じがする。手を合わせたら寿命が延びそう。

「…………」

見つめすぎたのか、アルバート様が視線を逸らす。

使用人たちが無駄のない動きでテキパキと食事を運ぶ。昨日も思ったけれど、ここの使用人たちは表情といい動きといい、厳しく訓練された軍隊のようだ。

なんて思っている場合じゃない。謝らないと……。

「あの」

「今日の昼、」

謝らなければ。そう思って口を開いたけれど、アルバート様と重なってしまった。お互い顔を見合わせ、口ごもる。

手のひらをアルバート様に向け、お先にどうぞと促すと、彼は躊躇《ためら》いつつも口を開いた。

「…………今日の昼から、しばらく留守にする」

「え？」

「元々用事を詰めていた。二週間ほど、遠方の領地に視察に行く」

「は？」

しれっととんでもないことを口にしたアルバート様を凝視した。

「二週間？」

「ああ。二週間だ」

こいつ……。

思わぬ発言に、私は絶句した。

我が国では結婚をして一ヵ月、最低でも二週間は外での仕事を控え、夫婦の時間を持つという慣例がある。

新婚の夫婦はこの時間に愛を深め、信頼関係を築いていくのだ。政略結婚の多い貴族は、事前に人となりを知る機会がないからこその配慮でもあるのだろう。

そしてそれは裏を返せば、この期間を共に過ごそうとしない夫婦は、最初から破綻している……つまり、不本意な結婚だと表明しているようなものなのだ。

こいつ……私に対外的な妻の役目を求めると言いながら、自分は『結婚は不本意です』と周囲に仄《ほの》めかそうと画策していたのか……。

「それから、」

私のドン引きした表情から、気まずそうに目を逸らしたアルバート様がまた口を開いた。

「昨日の私は言葉が足りなかったかもしれないが、私は愛人も持つつもりはない」

そこまで言って、アルバート様はふう、と息を吐きながら言葉を続けた。

「しかし、別にあなたが恋人を作るのは構わない。もしも子どもができたなら私の子として認知もしよう。私は狭量な夫にはならないつもりだ」

「はあ？」

人生で一番低い声が出た。

驚いた顔でこちらを見るアルバート様に、思い切り冷ややかな視線を向ける。

「狭量な夫にもなる気はない、の間違いではないですか？　無礼で傲慢な同居人よりも狭量な夫の方が、夫であろうとするだけ断ッ然マシだと思いますけど」

「……すまない」

空気がキンキンに冷え、重苦しい沈黙がたちこめる。

結局その後もほぼ無言のまま、気まずい空気で朝食の時間は過ぎて。

わかったことは、アルバート様とは絶対に「本当の」夫婦にはなれないということ。

それからアルバート様はクソ野郎ではあるものの、名目上の妻である私の生活や命、グレンヴィルの家族を脅かすような事はけしてしないと約束してくれた。

「最初に言った通り、あなたを不幸にはしないと約束する。女主人としてある程度は屋敷を切り盛りしてもらわなければならないが……あとは全て、あなたの自由だ」

言いたいことは色々あるけど、そう言うアルバート様の目には嘘《うそ》はなさそうだった。

それならまあ……アルバート様のことは、ほっとけば良いかな……。

私はアルバート様と仲良くすることは諦めて、とりあえず日々を楽しむことに全力を注ごうと決めたのだった。


突然だけれど、私は五感に心地良いものが大好きだ。

良い香りがするものや、胸に迫る音楽や、肌触りが心地よいものはなんて最高なんだろうと思う。

例えば川のせせらぎの音に耳を澄ませながら、おひさまの香りのする柔らかなお布団に身を委ねる時は至福の一言だ。

だけど何より私は、五感の中でも特に綺麗《きれい》なものを眺めるのが大好きだった。

前世、人生をほぼ病室で過ごしていた私はいつも綺麗なものを眺めていた。

母が窓辺に吊《つ》るしてくれたサンキャッチャーの光だったり、眠れずに迎えた朝焼けだったり、ファッション雑誌や本に載っている宝石だったり、父が手術前に買ってきてくれた、ちゃちながらもちゃんと輝くパワーストーンだったりと。

それらはいつも、私を慰めてくれるお守りみたいなものだった。

宝石も、純金の食器も、ドレスや靴も。朝露に濡《ぬ》れる蜘蛛《くも》の巣や季節の花、冬の夜空の星々も。

そんな私だから、綺麗な人も好きだった。

まあ昨夜、幸か不幸かやっぱり人間顔じゃない、という真実に気づいたけれど、以前の私にとって綺麗に着飾った紳士淑女が集まる夜会は血湧き肉躍る眼福祭り。貴族に生まれてラッキーだったと、しみじみ思う。

だからこそ公爵家に嫁ぐと決まった時は、最悪だよという思いが六割を占めつつも、夢見る乙女心が一割、「一流の物が見放題じゃん！」という打算が三割ほどあった。

王国序列第一位の公爵家の芸術品……さぞや凄かろう。庭園も調度品も、素晴らしいものが集まっているに違いない。

まあ夫は多少性格に難ありだけれど、三食豪華な食事付きで美術館に住めると思ったら……逆にこれは、中々良いかもしれない。

禍福は糾《あざな》える縄の如し。

そう思っていたのだけれど、またしても。

アルバート様を乗せた、装飾のない黒塗りの馬車が去っていく。

私はハーマンという執事と一緒にアルバート様を真顔で見送った。

そして馬車が全く見えなくなった瞬間に、思いきり空気を吸い込んだ。

(快適！)

非道のいない空気は美味しい！

なんという怒濤《どとう》の一日半だったのだろう。この一日半——いや、正確には半日で、私は既に三年分くらい怒ったと思う。全く初めてですよ、ここまで私をコケにしたお馬鹿さんは……。

しかし、鬼の居ぬ間に何とやらだ。

私は先程までとは打って変わって晴れやかな表情で、横にいるハーマンさんに向かった。

多分、年齢は三十代前半だろう。オールバックにしたダークブラウンの髪に、銀縁の眼鏡の彼からは仕事ができるオーラが漂っている。

「あの、ハーマンさん。もし良ければ屋敷の中や、庭園を見たいのですが」

「ハーマンとお呼びください、若奥様。私でよろしければ、このまま案内させて頂きたいと思うのですが……」

「……ヴィオラと呼んでください。ではハーマン、よろしくお願いします」

「かしこまりました」

若奥様と呼ばれた瞬間の私の引《ひ》き攣《つ》った顔を見て、ハーマンは一瞬何かを言いかけたものの、すぐに完璧な微笑を浮かべて「では庭園から。……非常にシンプルですので、見応えはないかもしれませんが」と謙遜しながら歩を進めた。

大貴族フィールディング公爵家の庭園は、さぞかし広かろうと思った。

きっと一日じゃ見て回れないほど見応えがあり、美しく整えられた芝生が庭園の花々を引き立たせ、すぐそこに迫っている本格的な秋の到来にともなって、赤や黄色の絨毯《じゅうたん》を生み出す落葉樹が風情ある様子で佇《たたず》んでいるのだろうと。

しかし広大なその庭園で、私が目にするのは行けども行けども見渡す限り一面の草ばかり。花の一輪、木の一本も見当たらない。

丁寧に整えられてはいるけれど、芝生しかないのだった。

少し遠くに湖があり、その水辺には鬱蒼《うっそう》と木々が茂っているようだけど、なんだかそこだけ異質に茂っていて逆に怖い。

それ以外は見渡す限りの草、草、草。これはもうこちらの方が草である。

「すごい……芝生ですね」

褒めようにもコメントしようがなく、なんとか言葉を捻《ひね》り出《だ》すとハーマンが真顔で頷《うなず》いた。

「はい。芝生しかございません」

「これは……アルバート様のご趣味ですか？」

このお屋敷はフィールディング公爵家の本邸だけれど、当主である公爵様は病に倒れるより数年前から、ここから少し離れた南の領地で公爵夫人である奥様……アルバート様のお母様と暮らしていた。

そのため、ほぼ全ての執務は数年前からアルバート様が行っているらしい。もちろん、重大な決定は全て公爵様がなさるそうだけれど。

とにかく、公爵夫妻が住んでいない以上この屋敷はアルバート様が管理しているはずだ。

さすがに女主人である公爵夫人……私にとっての姑《しゅうとめ》は、庭園をこんな風に丸刈りにはしないはず。

式の日に一言二言お話ししただけだけれど、人当たりの良い彼女は上品で、極めて常識的な夫人だった。こんなシュールな庭にするような、エキセントリックな人には見えない。

「趣味、とは少しニュアンスが変わりますが……。アルバート様は美しい庭園をご覧になるような時間や感受性はお持ちではありません」

「そうですか……」

時間や感受性がなくても、庭師にお任せで整えてもらえばいいのでは……？

知れば知るほどアルバート様にドン引きしつつ、私は引き攣りながら「じゃ、じゃあ次は屋敷の中を……」とハーマンに告げた。

そして屋敷の中を改めて観察したのだけれど。

庭があんな調子だから、まあ屋敷の中もそうなるわよね……。

屋敷の中を案内してくれるハーマンの後を、私はチベットスナギツネのような表情でついて歩いた。

まあ確かに、昨日からちょっとだけ不思議だなとは思ってた。

私が通ったのは、この広い広い屋敷の一部分――、玄関や自室や食堂、そこに続く廊下といった僅かな場所だけだけど、美術品が少なすぎやしないかなって。

この屋敷自体がとてつもなく立派なので違和感は少ないけれど、貴族ならどこの家にもあるような華やかな絵や壺《つぼ》なんかの美術品や、季節の花は飾られていない。

飾られているのは、歴史がありそうな鎧《よろい》とか無骨な兜《かぶと》。ちらほら絵もあるけれど、どれもこれも暗い色で、陰惨な光景を描いた陰鬱な絵ばかりだ。

それはそれで素敵な芸術だとは思うけれど、選りすぐりの憂鬱な芸術に囲まれているとこちらまで物悲しく暗い気分になる。主人の性格が反映されすぎではないだろうか。

「この絵はアルバート様がお選びに……？」

私の言葉に、ハーマンは頷いた。

「直接お選びになったわけではございませんが……アルバート様がこの屋敷を引き継がれる際、屋敷にございました絵や美術品はこれらの品を残して全て手放されました」

「ここを引き継がれたのは数年前と聞いてましたけど、その時に？」

「さようでございます。今から六年前、アルバート様が十四歳の時に」

「なるほど……」

色々と察した。

確かに、十四歳の拗《こじ》らせた男の子が好みそうな趣味ではあるかもな……。

やっぱりその頃のアルバート様は右腕に包帯を巻いたり眼帯つけたりしたのかしらと思いつつ、その後もどこもかしこも暗く整えられた屋敷を歩き、前世で憧れたホーンテッドマンションの中（※ただし夢や希望や楽しさは取り除かれている）にいるような気分になった私は悟った。

こんなところに住んでいたら、情緒が不安定になってしまう……。

昨日から思っていたけど、この屋敷は暗い。雰囲気が暗すぎる。最初はこの屋敷の主人のせいかなと思っていたけれど、彼がいなくても普通に暗い。

ここはもう、綺麗さっぱりガラッと模様替えをすることにしよう。

女主人とは屋敷の中を差配するものだ。それならば屋敷の中を住みやすく整えるのも、やっぱり私の役目であろう。

もしも私がアルバート様と仲の良い夫婦ならば、我慢して夫の趣味に寄り添うべくちょっと花を添える程度の模様替えにとどめておくと思うけれど、初対面からひどい夫ムーブを発揮してきたアルバート様にそんな気遣いをする義理はない、と思う。

あの拗らせ夫のアルバート・フィールディングの度肝を抜くべく、この屋敷をまるっと一新してやるのだ！

次の日の朝。

朝食を食べてやる気に満ちた私は腕を組み、屋敷中のおどろおどろしいものたちを曇りなき眼《まなこ》で見定めていた。

……よし。何一つとして飾っておきたいものはない。

「鎧も絵も全部宝物庫に仕舞ってください！」

「かしこまりました」

頷くハーマンが手で合図をすると、控えていたフットマンたちが手早く動く。

その絵や鎧を運んでいくフットマンたちの背中を見つめながら、私は呪いの部屋みたいになるだろう宝物庫を想像した。絶対に迷い込まないようにしよう。

ちなみに昨日案内してもらった宝物庫はほぼ空っぽで、宝物庫という名前を物の見事に裏切っていた。もしも宝物庫に自我があったら、今頃アイデンティティを見失って泣いているだろう。

もしかしたら公爵家、本当は貧乏なのでは……？　と一瞬思ったけれど、ハーマン曰《いわ》く絶対にそんなことはないらしい。単にアルバート様に情緒がないのだろう。ないからこそ、あの性格なのかもしれないけれど。

「ヴィオラ様、美術商が参りました」

「ヴィオラ様！　造園家からデザイン案が十数枚届きました」

次々に侍女たちがやってくる。私は彼女たちにお礼を言い、デザイン案を確認しながら急ぎ足で美術商の待つ部屋へと向かった。

四時間後には、カーテンや絨毯やその他諸々を揃《そろ》えるために王都で一番有名な商会の会長がやってくる。その後は造園家がやってきて、渡されたデザインについて話し合い明日から作業に取り掛かる予定だった。

何せ情緒の欠けた夫が帰ってくるまであと十三日しかない。何を言われてもハイハイ受け流せる自信はあるけれど、妨害されたら勝ち目はないので何が何でも帰ってくるまでに模様替えは終わらせるつもりだ。

これはアルバート様との勝負である。何も知らないアルバート様が帰ってきた時の唖然《あぜん》としたギャフン顔を想像しつつ、私は闘志を燃やしたのだった。


沸き立つアドレナリンに身を任せ、精力的に全ての予定を終えた私はご満悦で、決まった庭園のデザイン案を見ながら食後のお茶を楽しんでいた。

今日一日付き添ってくれたハーマンが淹《い》れるお茶はとてつもなく美味しい。

それから忙しくてパンパンになった足を、私付きの侍女となったローズマリーという綺麗な赤毛の侍女と、パメラという金髪の巻毛の侍女がマッサージしてくれている。次期公爵夫人、申し訳ないほどに贅沢《ぜいたく》すぎる……。

——とんでもなく楽しい。

人のお金で食べる焼肉ほど美味しいものはないと聞いたことがあるけれど、同じように人のお金でする模様替えほど楽しいものはないかもしれない。

今日は美術商からも商会からも爆買いをし、今までの人生で使ってきたお金を全て合わせてもお釣りが出るくらいのお金を使った。

まあちょっと怖いのは、そのお金が全部私のお小遣いで賄えちゃうってことなのだけど……。

そう、人の金と言ったけれど、今日の出費は全て公爵家から渡された私のお小遣いで買ったのだ。

ハーマンは公爵家のお金から出すと大変強く主張していたけれど、今回だけは自分のお小遣いから出すことにした。理由は単純に、帰ってきたアルバート様からの突っ込みを減らしたいことと、お小遣いとして提示された金額が多すぎたから。目玉が飛び出るかと思う金額だったのだ。

そういえば最初に好きなだけ装飾品を買えと言っていたけれど、鉱山ごと買えという意味だったのだろうか。さすが王国序列第一位の公爵家、太っ腹。まあ今後こんなに使うこと絶対ないと思うけどね……。

それにしても明日から、芝生しかないこの庭園が変わっていくのが楽しみで、今からとてつもなくうきうきしている。

「あ、そうだ。ハーマンの言う通り、庭園には薔薇を植えるのをやめました。他の良い香りがするお花をたくさん植えてもらうことにして」

「ありがとうございます。アルバート様もきっとお喜びに……」

「なると思いますか？」

「………お気遣いに感謝されるかと」

しなそうだな……。

実は造園家がくる前に、私は事前に渡されていた幾つかのデザイン案を眺めながら、庭に薔薇を植えた方が良いのかな、と悩んでいたのだ。

薔薇はどこの貴族の庭園にもある鉄板の花。植えるのが当然だ。

しかしアルバート様は氷の薔薇と呼ばれている。

植えてもいいけど、万が一「俺のことを思って植えたんだな……やれやれお前のことは愛せないのに」などと言われたら悔しすぎて憤死してしまう。植えたくない気持ちを前面に押し出しつつ、ハーマンに薔薇を植えた方が良いか聞いたとき、彼は柔らかく微笑んで言ったのだ。

「……薔薇は、植えない方がよろしいかと思います。アルバート様が苦手ですので」

その言葉に、私はアルバート様の二つ名を思い出して納得した。

なるほど……。

確かに私だったら、氷の薔薇って二つ名はちょっと……いやかなり恥ずかしい。

私は花にたとえられるような柄ではないけれど、貞淑の白詰草とか情熱のマリーゴールドとかたとえられたらとても辛い。そのお花を見るたびに恥ずかしさでのたうちまわると思う。

……お花を嫌がらせに使うのもねえ。

ということで、めでたく庭には薔薇を植えずにすんだのだ。

あと一つ気になることと言えば、湖の側の木がたくさんあるところ。あそこは手をつけてはいけないのだそうだ。怖いので深くは聞かず、何も考えないこととする。

とにかく模様替えも進んでるし……あと、やりたいことと言えば……。

私はマッサージをしてくれるローズマリーとパメラを眺めて、ニヤリと笑った。


翌日に、私は懐かしい顔を呼び寄せた。

艶々した黒髪に、紫の瞳。流行の服を着こなす、背の高い端整な顔立ちの男性が私の姿を見るなり笑みを浮かべて、「ヴィオぴ！」と手を上げた。

「久しぶり！　会いたかったわ！」

「ゴドウィン！　久しぶり！」

久しぶりの再会にお互いテンションが上がってハイタッチをした。

「何年ぶり？　ヴィオぴったら最近全然呼んでくれないんだもの、薄情なんだから」

そう彼は不満そうに口を尖《とが》らせるけれども、今や売れっ子である彼を呼べるほどグレンヴィルは裕福じゃなかった。

この女言葉の美しい男性は、ゴドウィン・ラブリー。

頭のてっぺんから足の爪先まで隙のない美意識の鬼である彼は、前世風に言うとヘアメイクアップアーティストだ。

美に関することなら何でもござれの知識と腕前、それから人目を引く容姿とキャラクターで多くの貴婦人を魅了して、高額な料金を毟《むし》り取《と》る王都で一番の売れっ子である。

今から五年ほど前、私が十三歳だった頃。当時売れない髪結師だった彼は、一年ほど我がグレンヴィル伯爵家の専属だったのだ。

「……ってそんなこと言って、結婚式は綺麗にしてあげられなくってほんとにごめんなさいね……。さすがのアタシも王妃様に指名されたら断れなくって」

「それはむしろ断られる方が怖いやつ……」

王妃様までゴドウィンを……。

昔馴染《むかしなじ》みの出世ぶりに気後《きおく》れしつつ、私はゴドウィンを見てちょっとだけ目を輝かせているローズマリーと、全く表情を崩さないパメラを紹介した。

「今日ゴドウィンに頼みたいのは、この二人の……できれば他の侍女たちも、の変身なの」

「侍女を？」

一瞬驚いた表情を見せたゴドウィンは、二人をじいっと見たあとに、私を見てニヤリと笑った。

「……なるほど、わかったわ。アタシに全部任せてちょうだい」

そう言ってウインクするゴドウィンに、ローズマリーとパメラがほんの少しだけたじろいだ。

この公爵家において、私は完全にアウェイである。

といっても、嫁ぐ前に覚悟していた「伯爵家の娘如きが公爵家に嫁いで来るなんて……！」みた

いなイビリは微塵《みじん》もない。

彼女たちはビジネスライクで、感情を顔に出さずに仕事をテキパキこなしている。むしろ私を見る眼差しに、時折不憫《ふびん》な生き物を見るかのような色が宿る。完全に憐《あわ》れまれている。

しかし私は、初夜のその日に主人に暴言を吐き枕まで投げつけた女。

おまけに翌日も食卓でひねりのない嫌味をぶん投げ、主人の居ない間に彼の趣味である美術品を全て仕舞い込み、美術品やら何やらを爆買いし、庭園さえも全て自分色に染め上げようとしているのだ。

万が一アルバート様に忠誠を誓う人間がいたら、内心かなりのヘイトを溜《た》めているに違いない。

アルバート様にはいくら嫌われてもいいけれど、彼よりもよっぽど近い距離で接してくれるこの屋敷の使用人たちとは、なるべく仲良くなっていきたいと思う。だって一緒に暮らす人に嫌われたら悲しいじゃないですか……。

なので私は、心優しき女主人を演じて使用人たちと仲良くなろうと決めた。

今日はその第一歩。名付けて「ヴィオラ様、意外といい奴だよと思ってもらおう大作戦」だ。

とはいえゴドウィンを呼んだのは、別にごますりだけのためじゃない。

このフィールディング公爵家の侍女たちは、高位貴族の侍女には珍しくあまり化粧気がないからだ。

お化粧やおしゃれに興味のない女性はたくさんいると思うけれど、それでも少なくはない侍女がいるこの公爵家で、侍女たち全員に化粧気がないというのは、やっぱり拗らせている主人のせいではなかろうか。

私は前世、おしゃれすることに憧れていたけれど、入院中はネイルやメイクの類《たぐい》は一切できず、着ることができるお洋服もパジャマのような前開きの服だけで。

母や看護師さんの迷惑にならないように髪を伸ばすことも諦めていて、ちょっとだけ悲しかった。

せっかく健康に生まれたのに、おしゃれし辛《づら》い環境なんて勿体《もったい》ない。

ということで、ゴドウィンを呼んだのは彼女たちがおしゃれしやすい環境を生むきっかけ作りだった。私にしては、なかなか良い作戦だと思う。

「この綺麗な額は神に感謝したほうがいいわよ。ほら、ここでこの後れ毛を出すの。香るような色気があるけど軽やかで、あなたの雰囲気にぴったりでしょう？」

ゴドウィンがそう言ってローズマリーのメイクを終え、仕上がった彼女の姿に私は歓声を上げた。

けして濃くはないお化粧だし、元々美人なローズマリーだけれど端的に美女。美女である。

ローズマリーは手鏡で自分の顔を見つめ、「プロって本当にすごいんですねえ……！」と嬉《うれ》しそうに微笑んだ。

「パメラさんもやってもらったらいいんじゃないですか？　勿体ないですよ！　ゴドウィン・ラブリーにやってもらう機会なんてもう絶対にないですから！」

「いえ、私はお気持ちだけで」

「ええー、勿体ない……」

「やりたい人だけやりましょ！　それじゃあローズマリー、他にやりたい人がいたら呼んできてくれるかしら？」

慌てて口をはさむ。

お化粧をしたくない人もいるだろうに、ちょっと断り辛い空気だったかもしれないと反省する。

次からはもっと圧のない雰囲気を作らなければ。


「さすがにくたびれたわ……」

「ありがとう、ゴドウィン……！」

疲れ切ったゴドウィンと私に、パメラが温かなお茶と、チョコレートを出す。

それをひとかけら食べて「甘いものがしみるわあ……」と英気を養っているゴドウィンは、結局今日侍女を含め三十人ほどの使用人たちに化粧をし、髪を結ってくれたのだ。

しかも結婚式に行けなかったお詫《わ》びとして、料金は全額免除と言ってくれたのだ。三度の飯よりお金が好きと豪語する彼がそんなことを言うなんて、明日は空から大砲の弾が降ってくるかもしれない。

「まあ、だからまた呼んでちょうだいよね。こんなに気安く喋《しゃべ》ってるけど、貴族のお家《うち》にはいくらアタシでも呼ばれなきゃ行けないのよ」

ちょっと照れた顔でそう微笑むゴドウィンはイケメンだ。女言葉だけれど、彼は身も心もれっきとした男性だ。

「あなた玉の輿に乗ったラッキーガールかと思いきや、新婚早々夫が屋敷を留守にした薄幸の妻として有名になってるじゃない。……意外と元気そうでビビったけど、それでもそこそこ傷ついたでしょ。話くらいなら聞くわよ、と思ったんだけど……」

そう言いながらゴドウィンは、チョコレートを次々と口に放り込む私を見て、ちょっと呆《あき》れたような、生温い表情を浮かべた。

「……杞憂《きゆう》だったようね」

「傷ついてはないかなあ……」

あの時は激怒したけど、むしろ全く信頼のない相手に初っ端から、人としてどうかと思うところを見せられたのはラッキーだったかもしれない。

「まあそれならいいんだけど……」

ゴドウィンが、控えているパメラをちらりと見ながら歯切れ悪く呟《つぶや》いた。多分、公爵邸の使用人の前でアルバート様の悪口を言うのは憚《はばか》られるのだろう。もしいなかったら、多分ボロクソに文句を言ってること間違いなしだ。彼は空気が読める男なのだ。

「……ま、ヴィオぴなら大丈夫よ。あなた、人を幸せにする能力があるものね」

「それはゴドウィンの方でしょう？　褒め上手だもの」

ゴドウィンの褒めっぷりはすごい。さっきも大人数のメイクをさばきながら一人一人の顔を見

て、

「何食べたらこんなに綺麗な肌になるのかしら。ちょっとクリーム塗っただけでほら、気品！」

「あなた、その睫毛《まつげ》の長さとカールのニュアンスが最高よ。そのニュアンスを活かすために、目の端を光らせて陰影を作って……」

と自己肯定感爆上がりの褒め言葉を投げかけていた。あんな褒められ方をしたら、そりゃあ売れっ子になるだろうなと思う。しかも腕前もいいんだもの。

「まあ、確かにアタシは人の長所を見つける名人なんだけど……それは全部、あなたが教えてくれたんだけどね」

ゴドウィンは私の言葉に苦笑しつつ頷いて「とりあえずヴィオぴには幸せになってほしいのよ」と優雅な仕草で紅茶を飲んだ。


「これあげるわ」

帰り際、真っ黒のシックなコートに身を包んだゴドウィンが私の手のひらに小さな袋を置いた。中を覗《のぞ》くと小瓶が二つ入っていた。とろりとした淡いピンクと、淡い灰色の液体が入っている。灰色は私の瞳と同じ色だ。

「前にあなた、爪に色をつけられたらいいって言ってたでしょ？　作ったのよ、試作品」

「えっ」

手の中をまじまじと見る。この世界にマニキュアがないと知って、確かに「爪に色を塗ったらかわいいと思うのにな」とぼやいたことがある。

「そのアイディア、絶対売れるわと思って死にもの狂いで作ったのよ。間違いなく金になるわ。その試作品はアイディア代ってことでヴィオぴにあげる」

「……！　ありがとう！」

ピンクはともかく、灰色のマニキュアなんて全く売れそうにない色をわざわざ……。

苦労したであろうそれに嬉しくなってお礼を言うと、ちょっとだけ微笑んだゴドウィンが、小さく手を振り帰って行った。

◇◇◇

急ぎではない領地の視察に出発してから、早十日が過ぎた。

アルバートは領地にある別邸の執務室で書類に目を通しながら、妻となった女性のことをぼんやりと考えた。

ヴィオラ・グレンヴィル、十八歳。

さらりと流れる栗色の髪に、冬の曇り空のような灰色の瞳。

今頃彼女は、あの暗い屋敷の中で泣いているだろうか。それとも、怒り、自分を憎んでいるのだろうか。

グレンヴィル家の娘というだけで自分と結婚することになった、気の毒な女性。

彼女が結婚相手として選ばれたのは、遠い昔に父同士が交わした『子供が生まれたら、いつか結婚させよう』という酒の席での軽い口約束によるものらしい。

しかし理由はそれだけではない。彼女の生家であるグレンヴィル伯爵家が、由緒正しい名家でありつつも大きな力を持っていないこともあるだろう。

公爵家の評判を削ぐような身分の低さは論外だが、あまり力の強い家の娘でも困る。

その意味をわかっているからこそ、今アルバートはこの場所にいた。

自分は彼女を愛することはなく、今まで通りに生きていくのだと。

（……それにしても私の元へ嫁ぐなど、不運な女性だ）

あのはた迷惑な夢想家の父が後何年生きるかはわからないが、そう長くはないだろう。

亡くなった暁にはすぐに彼女を自由にするつもりだった。

勿論《もちろん》、もし彼女が公爵夫人という地位や財力を手放したくないと離婚を拒否するなら、婚姻関係は継続する。どちらかといえばその方が、アルバートにも面倒事が少なくてありがたいとすら思う。

しかしもし自分が離婚を言い出したら、彼女は激怒し辛辣な言葉を投げつけた後、次の日には喜び勇んで出ていくのではないだろうか。

（……事前の話では、特筆すべきところのない普通の令嬢だと聞いていたが）

些《いささ》か話が違ったな、と初夜の日のことを思い出す。

自分はあなたを愛さない、と宣言した。そして彼女の望むことは何でも叶《かな》えようと伝えるつもりで――、顔に枕を投げつけられた。

「素敵なお言葉のお礼ですわ！」

一瞬何が起こったかわからないアルバートを、怒りに燃える灰色の瞳が射貫いて、その強さに言葉を失った。

――ああしてまっすぐに人に見つめられたのは、ずいぶん久しぶりのことだったな、とアルバートは思う。

そもそも、自分が誰かの顔を真正面から見たこと自体が久しぶりだった。

アルバートを見つめる人々の眼差しに宿る感情は数あれど、その大体は彼にとって見たくもないもので、自然と人から目を逸らす癖がついていたのだ。

まるで普通の人のように、純粋な怒りを投げかけられたのは初めてだったように思う。

そのまま彼女は驚くアルバートを残し、部屋から出て行った。

翌日、新婚の慣例を破り領地に行くことは心苦しいと思いつつ、なるべく彼女の気持ちが穏やかになるようにフォローしたのだったが……。

彼女は激怒し、痛烈な言葉を返された。後からハーマンに「アルバート様のお心は存じておりますが、あれは侮辱かと……」と言われてしまった。

あの時、自分は何と言うのが正解だったのか……アルバートは口元に手を当てて考える。しかし彼女に嫌われることは却って良いことだろう、と思い直していると、扉がノックされる音が聞こえた。

「入れ」

礼をして入ってきたのは、この屋敷の執事であるハドリーだった。

「アルバート様。南部の奥様から、お手紙が届きました」

「……さすが母上は、行動が早い」

差し出された手紙を受け取った。中身は読まなくても容易に想像がつく。

ペーパーナイフで封を切って中身を取り出すと、そこには予想通りの内容が書かれていた。

「…………新婚の慣例を無視して妻を放置するとは何事だ、とのことだ」

「さようでございますか」

「私が彼女を愛せないことは……いや、誰のことも愛せないことは、母上もよくご存知だろうに」

「アルバート様を案じておられるのでしょう」

ハドリーの言葉に「そうだろうな」と返して、流し読みした手紙に視線を落とす。目の端に「これは愛する愛さないの話ではない。公爵家の次期当主として望ましい行動を」と書かれていた。これ以上この結婚が不本意なものだと、周りに示すなということだろう。

ため息を飲み込んで、窓の外を見上げた。晩秋が近づく街並みは灰色に翳《かげ》り、これから訪れる冬を恐れているようにも見えた。

「……王都の屋敷に帰る。その旨をハーマンと、母上に連絡しておいてくれ」

「かしこまりました」

◇◇◇

日が経つのは早いもので、アルバート様がこの屋敷を留守にしてから十日と一日が経った。

夫に放置された私は悲嘆に暮れて……ということは勿論なく、むしろ各方面に申し訳ないほど新生活をエンジョイしている。

なんといっても夫のいない公爵家は極楽だ。

食事はとんでもなく美味しいいし、ベッドはふっかふかのもっふもふ。凡庸伯爵家にはとても手の届かない素晴らしい衣食住の数々は、夫の性格の悪さを補ってなお余りある幸福度。今のところはこの結婚、プラスマイナスでややプラス。このまま別居できたらいいのになあ。

何より私が一番楽しんでいるのは、公爵家の劇的ビフォーアフターだ。

日々注文した美術品が次々届いて屋敷を飾り、瑞々《みずみず》しい草花が廊下やお部屋にこれでもかとたくさん生けられ、暗い色合いだった絨毯やカーテンも華やかなものへと変わった。

それから、侍女たち。

以前と打って変わってフレンドリーに……ということは、全くない。彼女たちは今日もプロフェッショナルに淡々と、私のお世話をしてくれている。

だけど毎日お化粧をするようになった彼女たちは仕事ができるオーラと相まって、なんだかとても華やかで美しく見える。女主人だというのに、完全にオーラで負けているほどだ。

何にせよ以前の暗く鬱々とした屋敷の面影はまるでない。

よもやアルバート様も、この短期間にここまで屋敷が侵食されているとは夢にも思うまい……！

もう顔も曖昧な夫のギャフン顔を想像してほくそ笑みながらふかふかした土をシャベルで掘っていると、この公爵邸に勤めて四十年だという庭師のハリーが目尻に皺《しわ》を寄せて微笑んだ。

「ヴィオラ様は土いじりが本当に好きでいらっしゃるんですねえ」

「あ、ええ、まあ、ね？」

まさかアルバート様のギャフン顔を想像していたとは言えずに、私はへへっと誤魔化し笑いをして、掘った黒土に可憐《かれん》なパンジーの花の苗をそっと植えた。

今日、私は花壇にお花を植える手伝いをしている。

改装というものは見ていてとても面白い。順調すぎるほど順調に進んでいる庭園の改装を、私は差し入れを口実に、隙あらばちょくちょく顔を出してじいっと観察していた。

一応邪魔しないように気配を隠して見ていたのだけど、それを見かねたのかハリーが話しかけてくれるようになり、今ではちょっとだけ仲良くなれたと思う。

ハリーの見た目は少しだけ迫力がある。『人を簀巻《すま》きにして東京湾に沈めることを生業《なりわい》にしていました』といった雰囲気を出しているけれど、彼は庭師の仕事を心から愛する好々爺《こうこうや》だ。

そんなハリーに「私も改装のお手伝いをやってみたい」と言ったところ、彼は驚きながらもお花を植えるくらいなら、と快諾してくれた。

そして出来上がったばかりの花壇にたくさんのお花を植える今日、私もお手伝いをさせてもらっているというわけだ。

実家から念のために持ってきておいた土いじり用の軽装とブーツに身を包み、私はハリーと一緒に花の苗を花壇に植えていく。

広い芝生や歩道を囲むように作った花壇は果てしなく伸びている。外部からやってきた助っ人も含めて数十人いる庭師たちは皆テキパキと無駄のない動きでどんどん花を植え付けていた。

私も見習ってできる限りテキパキと、しかしなるべく丁寧に植え付けつつ、横のハリーに向かって口を開いた。

「折角綺麗に整えていた芝生だったのに、急にガラッと変えてごめんなさい」

あの芝生だらけだった広い庭園は、ほぼ全て、ハリーが管理していたそうだ。

一応芝生を生かすデザインにしたつもりだけれど、新参者の私に今まで管理してきたものを一新されるのはやっぱりちょっとだけ嫌だろうと、たびたび思う。

私の言葉に驚いたハリーが、「いや、主人の好きなように庭を整えるのが儂《わし》らの仕事ですよ」と言って微笑んだ。

「儂としては花を育てるのは好きなんで……今は年甲斐《としがい》もなくわくわくしてます。勿論芝生を整えるのも嫌いな作業じゃないですけどね」

こんなに迫力のあるお顔をして、花を育てるのが好きな心優しいおじいさん……。ギャップにキュンとしていると、ハリーは「昔はこの屋敷には花がたくさんあったんですよ」と微笑んだ。

「坊っちゃん……アルバート様がまだお小さい頃は、何かあるとお気に入りの花の生垣の隙間に入って隠れたりしていましてね。坊っちゃんが怪我をしないよう棘《とげ》を取ったり、子どもが入れる隙間を作ったり、あれは大変でしたが楽しかった」

「アルバート様が？」

「そうです。まあ今のお姿からは、想像もつかんでしょうが……」

仰る通り全く想像がつかない……。

しかし流石のアルバート様にも、心清らかで可愛らしい時代があったのだろう。

「良い香りがして綺麗だと仰ってね。お母様に似ているのだと、大変お好きでいらして……」

それはものすごく可愛い。

時の流れは残酷だなと内心ため息を吐きつつ、私は「ハリーは良い庭師なのねえ」と言った。

「いや、そんなことは全く……」

不意に目を逸らして口ごもったハリーが、私の後ろを見て言葉を失った。

不思議に思って後ろを振り向くと、そこにはいるはずのない人がいた。

「――何をしている」

アルバート様が土まみれの私の姿を見て、目を見開き、顔を強張らせながらそう言った。


驚いているのか不機嫌なのか、その両方なのか。両方だろうな。

ずいぶん早く帰ってきちゃったな……。

この屋敷の主人に対してだいぶアレなことを思いつつ、何かを言いかけたハリーを遮って、私はやや半ギレのアルバート様に答えた。

「お花を植えています」

そう言いながら泥のついた手をパンパンと叩《たた》いて立ち上がると、アルバート様が少しだけ困惑したように、「それは見ればわかる」と言った。

「私が言いたいのは――」

「まずはお帰りなさいませ、旦那様。予定よりもずいぶんお早いお帰りだったんですね」

「ああ、用事が片づいた。それよりも――」

「旦那様？　挨拶は大切です。お帰りなさいませ！」

「………今戻った」

挨拶を譲らない私に眉をひそめたアルバート様だったけれど、一瞬口をつぐみ、もう一度口を開いた。

「先触れを出したが、私が急いだせいで間に合わなかったようだ。……驚かせたことは、すまない」

「⁉　いえ……無事にお帰りになられて、何よりです……」

意外と素直だな……。

もっと徹頭徹尾傲慢キャラだと思っていたのでちょっとだけ驚いた。

「ええと……先ほどの何をしている、とのご質問ですが」

アルバート様に見えるよう、がらりと変わった庭園に手のひらを向けた。

「改装をしておりました。一応、女主人なので」

「……ここまで変えるのならば、一言くらい相談するべきではないか？」

「まあ常識的にはそうすべきでしょうけど、結婚してからの旦那様が私に常識的な対応をしてくださったことってありますか？」

私の言葉にアルバート様が絶句する。

「まあそれでも相談ができる距離に旦那様がいてくださったのなら、私もご報告はさせて頂いたと思いますけど……」

いないいんだもん。

手紙という選択肢は考えないことにして、私はアルバート様を見た。

「それに、女主人として切り盛りすればあとは全て私の自由と仰いましたので。お言葉通り自由にさせて頂いていました」

「確かに、私はそう言ったが……」

しぶしぶ、といった様子でアルバート様が頷く。横のハリーがどうしたら良いかわからないような、居た堪れなさそうな顔でこちらを見ていた。

ハッとして、アルバート様の腕を摑《つか》む。

「！」

「だ、旦那様。屋敷の中はご覧になりましたか？」

これでは使用人たちの前で、今まで懸命に築いてきた心優しき女主人の顔が崩れてしまう……！

若干の焦りを押し殺しつつアルバート様に精一杯笑顔を作り、私は屋敷を指さした。

「あ、ああ、玄関だけだが」

「玄関だけ。でしたらほかにもたくさん変えたところがありますので、報告がてらご案内させてもらいますね！　旦那様のお部屋や執務室には入ってませんし、手もつけてませんけれど、旦那様が好きそうな柄のクッションやベッドカバーなんかを作ってもらったんです」

ちなみにアルバート様の好きそうな柄は、私自らデザインした。一応、私ばかり楽しんじゃだめかなあと思ったので。

「さあそうと決まれば行きましょう！　じゃあまたねハリー！」

「は、はい」

戸惑うハリーに手を振って、私はアルバート様の腕をぐいぐい引っぱって歩きだしたのだった。


屋敷に入ってからのアルバート様は絶句し通しだった。

まあアルバート様に関しては、元の性格なのか私とよほど常識が合わないのか、いつも絶句してばっかりなような気もする。しかし今日のこれは多分世界に類を見ないほどのギャフン顔だろう。

見たかった顔を見られたけれど、呆然《ぼうぜん》としているアルバート様を案内している内に私はなんだかちょっとだけ、ほんの少し罪悪感が込み上げてきた。

「……ここに飾っていたあの絵は？」

「ああ、あの一番こわ……いえ、重厚かつ考えさせられるような絵ですか？　血みどろの女の人の」

「……そうだ」

よほどお気に入りだったのか、アルバート様の執務室の前に飾ってあったそれは、いの一番に布でぐるぐる巻きにして宝物庫に厳重に仕舞い込んでもらったものだ。見ているだけで呪われそうなその絵は、食堂から私の部屋に行くまでにどうしても通らなきゃいけない場所にあるんだもの。撤去です。

「宝物庫に大事に仕舞ってあります！　あ、ちなみに飾っていたものは全て宝物庫に仕舞っていますので、お気に入りの絵は旦那様の執務室か私室に飾ってくだされば」

「……いや、いい」

やはり住み慣れた趣味全開の退廃的な屋敷が、明るくて常識的な貴族の家に生まれ変わったのがショックだったのだろうか。アルバート様がその綺麗なお顔を翳らせて、どこか痛むような、何とも言えない顔をなさった。

これは……落ち込んでいる……？

「あっ……ハーマン！　ちょうど良かった例のものを！」

「……こちらでございます」

ちょうど良いタイミングで現れたハーマンに声をかけると、彼はためらいがちにクッションを差し出した。

差し出されたそれをものすごく落ち込んでいるように見えるアルバート様に押し付けて、私は慌てて説明をした。

「旦那様、これが先ほど言っていたクッションです。ベッドカバーはすでに、侍女がベッドメイキングの際に整えているかと！」

「……!?」

アルバート様が目を見開いて凝視するクッションは、私が前世で仕入れた厨二病《ちゅうにびょう》の知識を総動員して作ったものだ。

眼帯をしているアルバート様が、黒い包帯を巻いた右腕を掲げ黒い炎を背景に黒龍《こくりゅう》を呼び出している図案で、王都で一番のお針子さんに刺繍《ししゅう》してもらった世の中に一つしかないクッションである。

リアルである。誰が見てもアルバート様だとはっきりわかる美青年が、めちゃくちゃかっこつけて黒龍を呼び出している。

はっきり言って、死ぬほどダサい。見ているこちらが恥ずかしくなるほどダサい。ダサいけれども、きっとアルバート様の琴線には触れるだろう。私がこんなのもらったら顔を枕に押し付けて足をバタバタしちゃうけど。

「私がデザインしました。こういうのお好きじゃないかなと思って……」

「…………………」

公爵家ビフォーアフターのショックからまだ抜け切れていないのか、感動を抑えているのか。アルバート様はなんとも言えない微妙な顔でそのクッションを、いつまでも見つめていた。

家庭内別居というものは快適である。

アルバート様がこの屋敷に帰ってきても、私の日常が変わることは全くなかった。

まず、食事以外でアルバート様と顔を合わせることが全くない。ゼロなのだ。

私の方は土いじりをしたりたまに自室で手紙の返事や書類を書いたり、あとは厨房に遊びに行って食べ物をもらったりと、毎日この広い屋敷の中を縦横無尽に歩き回っているけれど、彼は執務室にこもりきりという健康寿命が大層心配な生活を送っている。

全く今まで通りの日々を過ごしているけれど、一つ変わったことといえば……ちょっとだけ使用人たちの間に緊張感が宿るようになったことだろうか。

だけど上司っているだけで緊張するし、何と言っても彼は氷の薔薇と呼ばれる貴公子様。笑わない美男子ほど威圧感のあるものはないので、多分仕方のないことだろう。

なのでアルバート様の目の届かないところで、今日はパメラとローズマリーとのびのびするのだ！

「はあ、良い匂い」

マフィンがたっぷり入ったバスケットを抱えて、私は幸せの匂いを堪能していた。

横にいるパメラもローズマリーも美味しい匂いの前ではポーカーフェイスをやや崩し気味で、どことなくうきうきとしている。

これは公爵邸に勤めて三十年、料理長のマッシュ自ら作った世界で一番美味しいおやつたちである。

私は彼の作る料理にすっかり胃袋を摑まれている。特にお菓子は最高で、朝目覚めた時に枕が彼の作るマフィンやシュークリームだったら良いのになと思うくらいに愛している。

今日はこの幸せの塊たちを、外で食べてやろうと思っているのだ。

季節は晩秋ではあるけれど、暖かい日差しがさす今日は絶好のピクニック日和。美しい庭園で熱いお茶を飲みながらお菓子を食べるなんて……私の人生は薔薇色だ。

というわけでやや浮かれた足取りで庭園へ向かっていると、途中でキラキラ光る銀髪を見つけた。

一瞬気づかないふりをしようかなと思ったけれど、バッチリ目が合ってしまったので礼をする。この間、挨拶は大切ですと偉そうに言ってしまったものですのでね……。

「こんにちは、旦那様」

「ああ……」

アルバート様がどことなく警戒しているような目でバスケットに視線を移すので、私はあらぬ疑いをかけられないためにマフィンの上にかけられたふきんを取って中身を見せた。

「今から庭園でピクニックをするんです。良い天気なので」

「ピクニック？」

「はい。日差しを浴びながらおやつを食べます。あ、そうだ……」

ごそごそと、中のマフィンを一つ取り、にっこり笑ってアルバート様にあげた。

「これは私が一番おすすめする紅茶のマフィンです。美味しいですよ！」

それから近くにいたハーマンにもねぎらいを込めてマフィンを渡すと、私はるんるんと庭園へ向かった。


楽しい時間が過ぎるのは早いもので、あっという間にピクニックが終わり、気づけばすぐに夕食の時間となった。

さあ今日も、お通夜状態の食事の始まりである。

気まずいといえば気まずいし、アルバート様と二人で食べるくらいなら一人で食べたいけれど、実は私はどんなに気まずくてもご飯は美味しく食べられるほうだ。

それにアルバート様は常に無表情で黙々と口に物を運んでいるだけなので、綺麗な彫刻が何か物を食べてるなくらいの存在感しかない。

なので今日の夕食のパリパリに焼かれたジューシーな鴨《かも》のローストも、やたらに美味しいドレッシングがかかったサラダも温かいスープも、いつも通りに心ゆくまで味わっていたのだけれど……。

今日は何故か違った。

アルバート様が、ちらちらとこちらを見ているのだ。

「何か？」

「………いや。何故、いつもそんなに笑顔で食べているのかと」

「……！」

アルバート様が、心底不思議そうな顔をしてそう言った。

「食事をしているだけなのに、何故そんなに嬉しそうなんだ？」

デリカシーがなさすぎではないだろうか？

確かに一人笑顔で食事している私はシュールだけれど、それを不思議そうに指摘するなんて、人の心があると思えない。鬼だろうか。

「…………あまりにも美味しいので……」

恥ずかしさのあまりに仏頂面で答えると、アルバート様は大したリアクションもなく「そうか、美味しいからか」とぽつりと呟いた。鬼だった。

それからいつものように無言で食べ進め、「先に失礼する」といつもより早く席を立つ。

十回くらい地獄に落ちてくれないかな……。

私は昼間におやつをあげたことを後悔しながら、アルバート様の背中を恨みがましく見送った。

庭園に立つと、秋の空気は火照った頬にひんやりと心地よい。

花壇に咲く花々が風にそよりと揺れる爽やかな光景の中、私は朝からせっせとハリーからもらった大量の落ち葉の色分けをしていた。集めて燃やそうとしていたところを、どうせ燃やすものならば、ともらったものだ。

この落ち葉は、あの触れてはいけない雑木林からハリーが掃除をして集めてきたものらしい。一瞬あの謎の場所か……と躊躇ったけれど、今まで四十年もあそこで集めた落ち葉をガンガン燃やしてきたハリーがピンピンしてるので、きっと呪われることはないだろう。

黄色、赤、黒、オレンジ。

大まかに分けたあと、そこから更に色分けをする。同じ黄色でも薄い黄色や濃い黄色と、意外とバリエーション豊富なのだ。

「ヴィオラ様、これは一体何を……？」

ローズマリーが落ち葉を分ける手伝いをしながら、困惑した顔をする。パメラは全く表情を動かさないけれど、疑問ではあるのだろう。ローズマリーの問いに同意するように私の顔を見た。

「こうして落ち葉で形を作っていくの」

そう言って黄色の落ち葉で大きな星の形を作り、その隣にゆるやかな波線を作る。サクッと作った流れ星に、ローズマリーが「わあ」と声を上げ、パメラが目を見開いた。

この落ち葉アート、前世からずうっとやってみたいことだったのだ。

グレンヴィルのお母様は、淑女が庭で遊ぶなんてとんでもないという教育方針を持っていた。それでも母の居ぬ間にと土いじりや体力作りはよくしてきたけれど、落ち葉アートは難しかった。なにせ風が吹くたびに全てがおじゃんになってしまう、常に無常と隣り合わせのアートなのだ。

時間がかかるためなかなか取り組めずにいたけれど、この公爵家なら私を止めるものはいない。ビバ自由。そしてこれ、思ったよりもなかなか楽しい。

そうして三人でしばらく無心で落ち葉を並べていると、ふと顔を上げたタイミングで離れた場所にアルバート様がいて、馬車に乗り込もうとしている姿が見えた。

珍しく真っ白な正装に身を包み、いつもの三倍増しとなった美貌を、キラキラと惜しげもなく輝かせている。

そういえば今日、王城に行くって言ってたっけ……。

悔しいことに似合いすぎる正装を見つめて眼福を得ていると、急にこちらを見た彼とばっちり目が合った。

仏頂面で会釈をして視線を落とす。先日の食事の際の辱めで、私はいまだに傷心中なのだ。あんな恥ずかしいことこの世にある？

そのまま彼はいつもの黒塗りの馬車に乗り込んで、ゆっくりと王城へと向かっていった。

「できたわ……！」

昼食もそこそこに、三者三様に作り上げた傑作を満足気に見下ろした。

ローズマリーが口元に手を当てて「わあ……！」と言い、パメラがパチパチと拍手をしている。

お題は、『理想の男性像』である。

「私は、黒髪で背が高くて瞳は紫で……ちょっと癖はあるけど美意識が高い男性が好きで……」とローズマリーは言い、黒髪の男性がビシっと手をあげている落ち葉アートを作り上げていた。具体的だしその男性像、なんかすごく心当たりがある。

「私は、好みの男性像が特になくて……小さい頃に好きだった犬のシンバを作りました。一応オスなので……」

ちょっとだけ恥ずかしそうにパメラが指したのは、舌を出して笑うゴールデンレトリバーのような大型犬の落ち葉アートだった。

パメラ、かわいい……。

うっかり癒されながらほんわかしていると、ローズマリーが私の作った傑作の男性像を指さして、「ヴィオラ様の絵は、アルバート様ですか？」と小首を傾げた。全力で首を横に振る。

「違う違う！　ほら見て、優しそうでしょう？　これは私の理想の王子様」

私が落ち葉で作り上げたのは、優しく微笑む麗しい美男子だった。

薄い黄色で作った髪の毛は、確かに無理矢理こじつければ銀髪に見える……かな？

まあ髪の色などどうでも良い。大事なのは設定なのだ。

「私の理想は優しくて一途でちょっと不器用な人で……」

昔から、と言うより前世から、私はそういうヒーローが出てくる恋愛小説が大好きだった。

人妻になった今、悲しいことにそんな人と恋愛をする機会は失われてしまった。

しかし二度あることは三度ある。きっと来世も生まれ変われると思うので、次はそういう人と恋愛させてください神様。

「やあ、ヴィオラ夫人。……これは見事だな」

きゃっきゃと三人で話をしていると、不意に後ろから聞き覚えのない声をかけられた。

「？　……旦那様、と……？」

振り向くとやや困ったような顔をしているアルバート様と、炎のような見事な赤毛を短く整えた精悍《せいかん》な顔立ちの美青年が、そこに立っていた。

……えーと。なんだかすごく、見覚えがあるような気がするのですが……。

「あの……もしかして……」

私が恐る恐るアルバート様を見ると、彼は眉根を寄せたまま頷いて、口を開いた。

「……この国の王太子である、エセルバート殿下だ」

「突然押しかけてすまないな」

ニコニコと微笑むエセルバート殿下の瞳はちっとも笑っていない。

獲物を狙う鷹《たか》のような鋭い眼差しに捕らえられ、私は心の中で念仏を唱えた。

……どうして王太子殿下は、『少しでも粗相をしたら即処刑』みたいな顔で私を見ているのだろう。

とりあえず粗相だけは避けるべく、私は内心とは裏腹に外面だけは落ち着いた笑みを浮かべ、淑女の礼をした。

「ようこそお越しくださいました、王太子殿下。改めまして、アルバートの妻ヴィオラでございます」

そう言いながらドレスで隠れた足元で、先ほど描いた憧れの王子様をざざっと踏み払う。こんな妄想の産物、誰かに見られたら軽く死ぬ。

「二度目ましてだな、ヴィオラ夫人。式の時は挨拶しかできなかったから、今日はこうして無理を言って遊びに来てしまった。私もだが……従妹《いとこ》が君に会いたがっていてな」

従妹？　私が小首を傾げると、殿下の後ろから華奢《きゃしゃ》な美女が現れた。

金色の髪に、エメラルドのような潤んだ緑の大きな瞳。

妖精姫と称されるこの方は、アッシュフィールド公爵家のご令嬢、ルラヴィ様だ。

かっ……かわいい……！

式や夜会の時に遠目に見たきりだったけれど、間近で見るルラヴィ様は通り名のままに妖精だった。

「本当は私だけで行こうとしていたのだが、王城に来ていたこの従妹に見つかってしまってな」

「ルラヴィ・アッシュフィールドと申します。アルにはいつも、とっても良くして頂いていますわ」

そう言って微笑むルラヴィ様は、殿下と同じような眼差しで私をじっと見つめた。

あれ、なんだかこちらにも敵視されている……？

「フィールディング公爵邸に来るのは久しぶりだけれど、庭園もずいぶん雰囲気が変わりましたのね」

ルラヴィ様がふわりと微笑むと、横にいる殿下も頷いて「やはり女主人がいると、屋敷はこうも華やかになるのだな」と庭園を見回した。

今、私たちは庭園でお茶を飲んでいる。

突然押しかけてきた王太子ご一行に、とりあえずお茶でも……と勧めたところ、なぜか庭園に心ひかれたらしい殿下の意向によって急遽庭園でお茶をすることになった。

ハーマンもパメラもローズマリーもさすがは公爵家の使用人。突然やってきた王族や公爵令嬢に動じることなく、テキパキとあっという間にお茶やお菓子が用意された。頼もしいが過ぎる。

しかし殿下によって人払いをされ、ここにいるのは私とアルバート様とその仲間たちという完全アウェイで場違いな空間になってしまった。居た堪れない。

せめてもの慰めは、美形三人が談笑する姿が眼福だということだろうか。

妖精が、美形二人に囲まれて花がほころぶように笑っている……。

あまりにも尊いその光景に思わず合掌しそうになるのを堪えて、私はアウェイ空間も意外と良いものだなあと思っていた。

「この庭園はすべてヴィオラ様が変えられたのでしょう？　アルがいない間お一人ですべて変えられたと聞きましたわ。嫁いできたばかりで慣れない中、夫がいないのに改装までなさるなんて、とても強いお方だなって思ってましたの」

ルラヴィ様がそう言った後、隣のアルバート様に潤んだ瞳を向け、「もし私がヴィオラ様のように新婚の慣例を無視して屋敷を留守にされたら、夫に愛されてないんだと気づいてきっと泣いてしまうわ」と言った。

「本当にアルったらひどい人ね。ねえ、ヴィオラ様」

「ええと……」

ひどいかひどくないかで言ったら、ひどい。

しかし世の中には妻に「君だけを愛している」と言いつつ愛人を十人囲う男性や、意に沿わない結婚相手の妻に辛い仕打ちをする男性がいるらしい。

その点アルバート様は初手から期待させないスタイルで私からの信頼をマイナスにしたうえで、お金も含めて十分すぎるほど自由をくれている。唯一貰《もら》えないものは愛情だけど、これは私の方からノーセンキューなので無問題。

そう考えると、アルバート様はある意味誠実なのではないだろうか……？

まあ強いて問題をあげるのならば社交界の私の評判だけれど、アルバート様と婚約を結んだ時点で社交界の私の評判は身の程知らずと地に墜《お》ちていた。

これでもしも溺愛などされたら、そのへんの木に私のわら人形が五寸釘《ごすんくぎ》で打ち付けられていてもおかしくないので、健康長生きのためには若干の同情を集められる今の方が良い気もする。

何より幼馴染らしい殿下と公爵令嬢に「ひどいですよねー！」なんて言えるわけがない。

軽口が原因で処されるなんて絶対にごめんである。高貴ジョークにうっかり引っかかるなんてマネ、私は絶対に致しません。

「……いえ。我が夫は正直で大変よろしいかと思います」

「正直」

「はい。こんなに正直な方は、他にいらっしゃいませんもの」

嘘は言っていない。

私が絞り出したアルバート様の長所に、殿下が少し驚いた顔を見せた。

「……ここまで何も言わない奴も、なかなかいないと思うがな」

そう言いながら横目でアルバート様を見た殿下が、すぐに私に視線を移しにこりと笑った。

「いやしかし、意外と夫婦の仲も悪くはないようでよかった。先ほど落ち葉で作っていた見事な絵は、アルバートの顔だったんだな」

「……！」

「照れるだろうが、消さずともよかったのに。いや少し安心した。夫のいないときに夫のことを考え絵にする妻は、少なくとも夫を不幸にはさせまいよ」

「……！」

見られていた……！

しかも一番されたくないタイプの誤解までされている……！

しかし否定するわけにもいかず、私は引きつった笑みを浮かべた。困惑しているアルバート様に強い視線をやり、（誤解誤解！）とテレパシーを送ったけれど、通じているかはわからない。

そんな私とアルバート様を、ルラヴィ様がじっと見つめていた。

「アルは相変わらず甘いものが苦手なのね」

「ルラヴィ。何度も言うが、私に好き嫌いはない」

ルラヴィ様の鈴の鳴るような声に、アルバート様の抑揚のない声。

この温度差よ。聞いてるこちらの方が風邪ひいてしまうわ。

「アルったら、無理しなくてもいいのよ。このスコーンはどう？　甘すぎないと思うけれど」

「いや、もう充分だ」

「お茶が冷えてしまったのではなくて？　私、お茶を淹れる練習をしているのよ。淹れてあげる」

「結構だ。その腕前は殿下のために披露してくれ」

無表情で塩対応の美形と、甲斐甲斐しく世話を焼く妖精を見つめているうちに、私は先ほど受けた敵意の意味に気づいてしまった。

――これ、完全に恋なのでは……？

え、恋だよね？　思わず殿下をちらりと横目で見ると、彼は苦笑いをしながらやや申し訳なさそうな顔を見せた。

やっぱりそうか……。

なんか顔がいけすかない、みたいな理由で嫌われていたわけじゃなくて、ほっと胸を撫《な》で下ろす。

三角関係だもの、敵意の一つや二つはこもるだろう。いや、♡の矢印が一つしかない場合も三角関係って言えるのかはわからないけど……。

とにかく私はルラヴィ様の恋敵ということになるのだろう。全てにおいて彼女の足元にも及ばなくて、配役のチョイスミス感が著しいけど。

「くしゅん」

私がそんな悲しいことを考えていると、少し冷たい風が吹いてルラヴィ様がくしゃみをした。

「……女性に秋の空気は冷えるだろう。そろそろ帰ったほうが……」

「なんだアルバート。今日はやけに邪険にするじゃないか」

「そういうわけではありませんが……」

どストレートに帰れと促すアルバート様に、殿下が揶揄《からか》うような口調で言った。

「馬車の中も冷える。悪いが少し、屋敷でルラヴィを暖まらせてくれるか？」

「……わかりました」

アルバート様が若干ため息混じりに頷いて立ち上がる。

私もハーマンを呼んでこようと立ち上がると、殿下が私に声をかけた。

「ヴィオラ夫人は寒いだろうか？　見たところ、厚着をしているようだが」

確かに冷えは健康の大敵なので、私はちょっと厚めのコートを着ていた。この場で一人だけ厚着なので、なんならむしろ暑いくらいだ。

「いえ、大丈夫ですが……」

「ならば良かった。庭園を案内してくれないか？　アルバートたちは先に屋敷に入っていてくれ」

「え……」

嫌なんですけど……。

思わず真顔になると、アルバート様もちょっとだけ眉根を寄せた。

「殿下、それは……」

「大丈夫、お前の大事な妻に、お前が嫌がるようなことはしないと誓うよ」

私の嫌がることもしないでほしいんですが⁉

何かを言いかけたアルバート様を制し、殿下が有無を言わせぬ笑みを浮かべた。


あれからも結構渋っていたアルバート様を権力で黙らせた殿下は、意外なことに紳士だった。

「私とアルバートとルラヴィはさっき言った通りに幼馴染でな。幼い頃は、みんなでよく遊んだものだ」

「仲が良かったんですねえ……」

いくら幼馴染でも、二十歳まで仲良しが続くのは珍しい気がする。

「昔の私は臆病な泣き虫でな。活発なアルバートに引っ張られ、よく助けてもらっていた」

懐かしそうに目を細める殿下からは、先ほどの処刑オーラは微塵もない。

てっきり二人になった途端、ルラヴィ様のために「アルバートと別れろ！」ターンがくるかと思ったけれど、拍子抜けなことに殿下は思い出話や植えた花木の話しかしなかった。

「これをヴィオラ嬢自ら植えただと？　貴婦人が？」

「はい！　土いじりは良いですよ。体力作りと老後の趣味作りの一環にと始めましたが、意外と楽しいです」

「十八にして老後の趣味作りか……！　生き急いでいると言われたことはないか？」

「今初めて言われました！　準備万全な慎重派と言ってください」

そして殿下とは、意外と会話のリズムが合う。

押しが強いけど割といい奴じゃん。そんなことを思っていると、殿下が少しだけ真面目な顔で口を開いた。

「……悪かったな、ヴィオラ夫人」

「はい？」

「ルラヴィのことだ。あれはずっと前から、アルバートのことが特別なようでな。それでも普段は自制しているのだが……」

「ああ……」

二人のことをすっかり忘れてしまっていた。

「彼らを二人にするのは不快だろうが、側には使用人もつくだろうし、アルバートが彼女を愛することはないから安心してほしい。仮に無人島に行き生涯二人で過ごしたとしても、何も起こらないだろうよ」

「それはそれでどうなんでしょうね……？」

そこまで言い切られると、真面目にアルバート様が心配だ。

もしやアルバート様は男性がお好き……？　それとも厨二ゆえに人を愛せない設定が……？　と私が考えこんでいると、殿下が興味深そうに顔を覗き込んだ。

「しかし君は不思議だな。装飾品が好きだと聞いていたが着飾るでもなく楽しそうに土にまみれ、アルバートの不義理に腹を立てて嫌がらせするわりに彼の絵を描く健気さもあり、なのに嫉妬の欠片も見当たらない」

「嫌がらせ？」

心当たりのない言葉に目をぱちくりすると、殿下が訝《いぶか》しげに「先日、高名な針子に奇怪なものを作らせていたじゃないか」と片眉をあげた。

「彼女には私もよく依頼をする。先日工房に行ったらとんでもないクッションがあり、聞けば君のデザインで、夫に贈るものだと言う。……まさかあれが君の趣味で、本当に善意だとは言わないだろう？　アルバートは確かに問題だらけだが……人を辱めるような嫌がらせは、よろしくない」

「あ、あれは……！」

あれを見られていた……！

まさか人様に、いや王太子殿下に見られるとは思わず私は顔を真っ赤にして首を横に振った。

「私の趣味では絶対ありませんけど、あれは神に誓って善意です！」

「……まさか、アルバートの趣味だとでも言いたいのか……⁉」

「ノ、ノーコメント！　ノーコメントです！」

アルバート様と幼馴染で、仲が良いだろう殿下が知らないということは、多分内緒なんだろう。

アルバート様に初めてクッションを渡した時に呆然としていたのは、多分人に知られたショックもあったのかもしれないことに今気づく。

他人同然の夫でも、いや他人同然だからこそ、秘密は守らなければならない……！

しかし私の決意も虚《むな》しく、目を点にした殿下はたっぷり三十秒沈黙したかと思うと、急に大声で笑い出した。

「ふっ、ははは……あのアルバートがっ！」

ああぁ……王都で一番のお針子さんに頼むんじゃなかった……！

アルバート様ごめんなさい……。

心の中でアルバート様に手を合わせて、私は屋敷の方へ目を向ける。

応接室のあたりが一瞬チカリと光ったように見えたのは、どうかアルバート様の正装についている金具の反射じゃなくて後ろ暗い気持ちが見せた幻影であってほしい……。

ひとしきり笑ったあと、殿下は目尻に浮かぶ涙を拭った。

「はあ……こんなに笑ったのは久しぶりだ……」

「笑うところじゃないですよ……」

こっちは罪悪感に押し潰されそうだというのに……。

じとりと湿った視線を向けると、殿下がくく、と笑った。

「悪かった。それより、そろそろ戻ろうか。先ほどから視線がうるさくて敵わん」

殿下が向ける視線の先には、アルバート様がいるだろう応接室の窓がある。お日様に反射して、キラ……キラ……と不気味に光が瞬いた。

やっぱりあれ、アルバート様かなあ……。「何をあんなに笑わせていたんだ」と言われたらどうしよう……。


「突然押しかけてしまってすまなかったな。今日は楽しかった」

金の装飾があちこちになされた真っ白な馬車を背に、殿下がにこにこと機嫌良くそう言った。

そんなご満悦な殿下に対し、屋敷組といえば。

……表情の見本市みたいだわ。

キリっとしつつもくたびれ顔のハーマンと、微笑みつつも引くほど冷たい眼差しのルラヴィ様。

アルバート様は……変わらないな。安定の無表情。

「では、近々また会おう」

そう言って殿下が馬車に乗り込むと、ずっと黙ったままだったルラヴィ様が急に私の両手を握り、ふわっと微笑んだ。

「今日は素敵な時間をありがとうございました、ヴィオラ様。緊張してしまって、失礼な態度をとってしまってごめんなさい」

「い、いえ、とんでもない！　こちらこそ！」

「まあ、お優しい。また会える日を楽しみにしておりますわね」

いきなり近づいた距離にドギマギしてそう言うと、微笑んだままルラヴィ様が、私の耳元に唇を寄せて囁《ささや》いた。

「……あなたがアルバートの妻だなんて、私は絶対に認めないわ」

「え？」

「あの人の本当の顔をあなたは見たことないでしょう？　……見られないわよ、一生ね」

私が驚いて顔を上げると、すぐにルラヴィ様が離れる。微笑みは崩していないはずなのに、泣きそうな子どものような表情に見えた。

「それではご機嫌よう」と馬車に乗り込むその背中を、私は呆然と見送った。


私が一体何をしたと言うんだ……。

満月の下、夜の庭園で。

いつも通りの無言の夕食を終えた私は、やさぐれた気持ちで花壇のお花を眺めていた。

しゃがんだまま、夜風に震える花びらをじいっと見つめる。

うまくいかない時は、手を動かすのが一番。雑草でも抜くか！　と思ってやってきたのに、優秀庭師のハリーが全ての雑草を抜いてしまっているらしい。偉いが悲しい。

はあ、とため息を吐く。

刺激的ながら今日もおおむね楽しい一日だったけれど、やっぱり思い出すのはルラヴィ様の泣き出しそうな顔だった。

この結婚は、私が望んだことじゃない。

文句は公爵様に言ってほしい、と思いつつ、知らずに人を傷つけていた罪悪感は、今まで経験したことがないような後味の悪さだった。

私には想像することしかできないけれど、ずっと好きだった人が他の女性と結婚したらきっととてもショックだろう。

「それになんだかちょっとモヤモヤしちゃうのよね……」

夜風に揺れるお花の、しっとりとした花びらをつんつんしながら私は呟いた。

そう、なんだかモヤモヤするのだ。

ルラヴィ様への申し訳なさや、ルラヴィ様が結婚相手の方が色んな面でよかったのでは……？という憤り混じりの疑問だけでなく、何か胸に引っかかるものがある。喉に小骨が刺さったような歯痒《はがゆ》い感じ。なんだか公爵家の人たちや、殿下やルラヴィ様も、みんな何かを隠しているような。

「……何が、モヤモヤするんだ？」

「ひえッ！！」

誰もいないはずのこの場所で声がして、私は驚いて飛び上がった。

心臓をバクバクさせながらふり向くと、驚いたように目を見張るアルバート様がそこに立っていた。

お風呂上がりなのか、アルバート様はラフなシャツ姿だ。

見慣れない姿にちょっとびっくりする。

彼のラフな姿を見るのは初めてかもしれない。初夜の時にも、そういえば彼は式のままの正装だった。

「……驚かせるつもりはなかった」

「……いえ、すみません。まさかこの時間に人がいるとは思わなくて」

今は大体、九時過ぎだろうか。

雑草を抜きに来た私が言うのもなんだけど、この時間に庭に出ているなんて見回りの騎士か泥棒くらいだと思う。

「旦那様もお散歩に？」

お散歩を楽しむようなキャラだとは思えないけれど、他に理由が思いつかずに首を傾げた。

しかし彼は何も答えず、感情の読めない無表情のまま、じいっと私の顔を見た。

え、これ、人目がない隙を狙ってお前を消しにきたぞパターンじゃないよね？

心当たりの多い私が冷や汗をかきながら逃げ出す心の準備をしていると、アルバート様が一瞬口を開いてすぐ閉じて、たっぷり十秒沈黙した後、また口を開いた。

「……今日は申し訳なかったな」

「え？」

「殿下とルラヴィだ。突然すぎて先触れも間に合わなかった」

「ああ……」

どうやら怒っているわけではないらしい。ほっと胸を撫で下ろしながら、私は「大丈夫です」と首を横に振った。

殿下、思い立ったら即行動しそうだもんねえ……。今日初めてちゃんと喋ったけれど、やり取りの予想がつきすぎる。

「それから、ルラヴィのことも。彼女も謝っていたが、失礼な態度を取っていただろう」

「それは別に旦那様が悪いわけではないので……」

先ほどから別人のように、人が良い常識人みたいなことを言い出すアルバート様に、若干戸惑いながら私は言った。

「いくら仲の良い幼馴染だからって、誰かの行動について旦那様が謝らなくて良いですよ」

「しかし私が連れてきた客人があなたに失礼をしたら、謝るのが道理だろう」

「それは確かに……？」

しかし、誰よりも私に失礼なことをしたアルバート様が一体何を……？　と怪訝《けげん》な眼差しを送ると、彼はちょっとばつが悪かったのか気まずそうに目を逸らした。

「ですがお気遣いありがとうございます。楽しかったところもあったので、もう大丈夫です！」

「楽しかった？」

「はい！　最初はちょっと緊張もしましたけれど、殿下とのお喋りは割と」

「……そうか」

そう頷くアルバート様の瞳が、戸惑うように揺れたのを見て私は、あ、しまった、と慌てた。

この流れは夕飯の時には回避できた「何をあんなに笑わせていた？」ターンが来かねない。いそいそと立ち上がって口を開く。

「それでは私はそろそろ戻ります。……旦那様は？」

「……私は、もう少しここにいる」

「その格好でですか？」

晩秋の夜は普通に冷える。下は部屋着といえど、コートにマフラーを巻いた完全防備の私と比べ、夜風の前に彼の防御力は塵《ちり》に等しい。

私はちょっと悩んでマフラーを取り、「失礼します」と彼の首にかけた。

「！」

「風邪は万病の元ですよ。夜出歩くならば暖かい格好をなさらないと」

そのままぐるぐるに巻きつけて、何も言わないアルバート様にペコリと礼をする。

「それではお先に。……あ、そうだ、旦那様！」

絶対に言わなければならないことを思い出して唐突に声を上げると、アルバート様は驚いたのか一瞬びっくりしたように跳ねた。

「な、何だ」

「昼間に落ち葉で描いていた男の人は、旦那様じゃないですからね！　ほらあれ、金髪でしたし！」

「……わかっている。あなたが私を描くわけがないだろう」

そう頷くアルバート様は、いつも通りの無表情で。

誤解を避けられてやれやれと安心した私は、モヤモヤする違和感のことなど忘れて屋敷の中へと戻ったのだった。

第二章　王城の舞踏会

「王城の舞踏会⁉」

「ああ。エセルバート殿下より招待状が届いた」

王太子の襲来より一週間。

あれが嘘《うそ》のように平穏な日々を送っている私に、朝食の席で渡されたのは王家の印で封蠟《ふうろう》が施された封筒だ。

「本来ならば公爵夫妻である私の両親が行かなければならないが――父の体調もあり、今回は私たちが公爵夫妻の代理として出席することになっている」

「ということは、私と旦那様が一緒に出席するということですか？」

「……そうだ。殿下や母上からも、一緒に行くように厳命されている」

「良かったー！　さすがに王城の舞踏会でも別行動と言われたら枕どころの騒ぎではすみませんでした！　いくら旦那様でも、そこまでの非道はなさいませんよね、安心しました」

「…………」

殿下とお義母様、ありがとう！　パートナー同伴必須の王城の舞踏会に一人で行けと言われたら、どんな手を使ってでも連れていかなきゃいけないと思っていました！

「楽しみです……！」

王城の舞踏会は、一度だけでも行ってみたいと常々憧れていた場所なのだ。

毎年開かれる舞踏会は、勲功を立てた貴族や有力貴族だけが参加できる。しかし私は凡庸グレンヴィル。我が家が勲功を立てたり、有力だったりということは一切無いため招待などされるわけがなく、ただただ『王城の舞踏会』という素敵ワードに夢を募らせていたのだった。

王城の舞踏会……妄想するだけで、アドレナリンがバンバカバンバンバーンと噴き上がる。

きっととんでもなく綺麗《きれい》なドレスや宝石やレースたちが、王城のシャンデリアに照らされてキラキラと輝いているのだろう。さながら光の洪水のような光景に違いない。

うっとりと思いを馳《は》せていると、何か奇怪な生き物を見るかのような表情でこちらを見ているアルバート様と目が合った。

「何でしょう？」

「……いや、何故そんなにまた笑顔なのかと……」

「え？　綺麗なものがたくさん見られるんですよ？」

あ、でもアルバート様は興味がないか。王城ならきっと正統派の綺麗なものばかりで、龍《りゅう》とか髑《どく》髏《ろ》とかはないもんね。

「ええと、それに多分美味しいお菓子も出ますよね！　……あ、甘いものは苦手でしたっけ……」

先日のルラヴィ様との会話を思い出す。アルバート様は好き嫌いがないと言っていたけれど、確かに彼が甘いものを食べている姿は見たことがないかもしれない。

ということはこの間あげたお菓子は、もしかして捨てられてしまったのだろうか……？

「……別に嫌いということはない」

私が先日お菓子をあげたことをまたまた心底後悔していると、アルバート様がため息混じりに言った。

「単に日に三度の食事で栄養が取れているからだ。その上で砂糖と小麦粉の塊を摂取する意味がないから食べないだけで、必要があれば食べる」

「………………？」

どういう意図で言っているのかがわからずに、数秒考えてポンと手を打つ。

「つまり、旦那様はフルーツ派……？」

「違う。生命を健康的に維持できるものを、適切な量食べるようにしているだけだ」

「おお……？」

全然意味がわからない。

アルバート様のストイックさに慄《おのの》きつつ、私は二つ目のお砂糖たっぷりブリオッシュを食べたのだった。


「……って言ってたの。信じられる？」

先ほどから手元の紙に何かを書きつけているゴドウィンに向かって、私はアルバート様の衝撃の新事実をちょっと興奮気味に訴えた。

舞踏会。浮かれに浮かれた私は、ドレスや髪型について相談しようとゴドウィンを呼んでいたのだ。

「砂糖と小麦粉の塊、それは確かにその通りよ。栄養はゼロで、身につくものは脂肪だけ。だけどそれでもやめられないのがお菓子なのに……」

「わかるわ。目の前にあったらついつい手を伸ばしたくなるのよねえ」

頷《うなず》くゴドウィンに、「でしょう⁉」と千切れんばかりに首を縦に振る。

「ゴドウィンならわかってくれると思ったの！　やっぱりお菓子は食べたい者同士だけでわかちあうべきよね。ほら、これはマッシュが作った特製のシュークリーム。砂糖、小麦粉に、更に生クリームとカスタードクリームがたっぷり入った悪魔のお菓子！」

そう言いながらでき上がったばかりのシュークリームが載った皿をゴドウィンに差し出すと、彼はにっこりと「美味しそうね」と頷いた。

「だけどねえ。舞踏会がある以上、あなたにもお菓子はしばらくやめてもらうわよ」

「えっ」

ガーンと衝撃に皿を落としかける。おっと、とゴドウィンが華麗に受け取ると、側で頬を赤らめているローズマリーに「あげる」と勝手に渡し、にっこりと笑みを浮かべた。

「え？　ゴドウィン、何か怒ってる？」

「あら、珍しく勘がいいじゃない。怒ってるわよ、全方位に。あなたったら何も言わないんだもの」

ゴドウィンの手元にあるペンがミチミチと苦しげな音を出している。私は一体何の地雷を踏んでいたのだろうかと、冷や汗が出てきた。

「アタシってこう見えても、とっても情報通なの」

「ハイ」

勿論《もちろん》知っていますとも。

神妙な顔をして頷くと、ゴドウィンが偽りの笑みを浮かべたまま口を開いた。

「先日ここに、殿下とアッシュフィールド公爵令嬢がきたんですって？　アルバート・フィールディング様に恋をしていると評判の」

「ハイ」

「……どうせ、何かろくでもない事を言われたんでしょう⁉」

「ハ……い、いえいえ！　ろ、ろくでもなくはないというか、別に何もなかったというか」

「バレバレなんだよ！」

エスパーゴドウィンが激怒している。だけどなんで私が怒られているのか、全く解せない……。

「舞踏会は女の戦場よ。日取りは今日から一ヵ月半後……。丁度良いわ。この際だからピカピカに磨き上げてあげる」

背筋がぞーっとするような麗しい笑みを浮かべるゴドウィンは、まるで悪魔のようだ。

「頑張ってちょうだいね、ヴィオぴ。今日から一ヵ月半、ちょっと過酷かもしれないわ」

おしゃれは心が浮きたつし、新しいドレスや化粧品にはいつも心をときめかせている。

しかし美容はあくまでも人生を楽しむための趣味の一つ！

……と思っていたので、巷《ちまた》でよく言われる「美容に痛みはつきもの」という言葉に、私はいまいちピンときていなかった。

「さあ、始めるわよ。少し痛いけれど頑張りましょう」

少しって、どれくらい痛いんだろう。注射以上腹痛未満ってとこかしら……。

横たわって身構える私の頰骨を、ゴドウィンが凄まじい強さでゴリゴリィと押し始めた。

「！！！！！」

イッタ————！！！

「これはねえ、骨と筋肉に圧を加えることによって小顔に見せる施術で……」

「！！！！！」

「これは繊細な技術が必要で、アタシも習得には本当に苦労して……」

「！！！！！」

「終わったら三日はうんたら……体に悪いものが溜《た》まっていると痛くてかんたら……」

痛すぎて何言ってるのかわからないんですけど⁉

その地獄の責め苦がようやく終わった後も、私は超激臭パックを顔に載せられたり、髪にぬるぬるする謎の液体を塗り込まれたり……まるで怪しげな呪術の生贄《いけにえ》になったような気持ちで苦行を乗り越えたのだった。


「初日にしては良い感じよ。顔面はアタシにしかできないからあと半月後にまた来るけど……侍女さんたち、この通りに身嗜《みだしな》みを整えてやってちょうだいね」

疲労困憊《ひろうこんぱい》した私がぐったりとソファの上で白目を剝《む》いていると、心なしか晴れやかな顔をしたゴドウィンが先ほど書きつけていた紙をパメラとローズマリーの二人に手渡していた。

「それと食事も気をつけないといけないわ。糖と油、いわゆる美味しいものはこれから一ヵ月半の間、必要最低限のみ。飲み物も水とお茶だけ。食べてもいい食材と調理法を書いたから、これを料理長に渡してくれるかしら」

「……⁉」

お菓子のみならず食事、お前まで……！

あまりの絶望に黒目を取り戻して起き上がり抗議しようとすると、ゴドウィンはどこか遠い眼差しで、私に一枚の紙を渡した。

「あなたは覚えていないかもしれないけど……アタシはあなたに恩返しができる日を待っていたのよ」

「え？」

「男のアタシにこの仕事は無理、諦めようと思ってた時、女性言葉を使えば親しみが湧くはずよ！と言ってくれたのはヴィオぴでしょう？　おかげでアタシ、今じゃこんなに売れっ子よ。あなたはアタシのミューズで、恩人」

そんなこともあった……ことを思い出した。

単純に、前世では男性のヘアメイクアップアーティストは女言葉の人が多かったよな、と思い出して咄嗟《とっさ》に口に出した思いつきだった。

つまり完全に人様のアイディアを丸パクリしただけだ。感謝されることでもない。

「いやいやそれはゴドウィンの腕がいいからで感謝されることでは……」

「アタシにできる恩返しって、結局美しさを引き出すことだけなのよね」

「いやあの、ゴドウィン――」

「あなたがたとえアタシの感謝を重荷に思っていても、やっぱり恩返ししたいわ。それに――あなたの美しさを引き出してみんなに見せるのが、アタシの夢だったの」

感傷的な瞳でそう言うゴドウィンに、「痛いのも食事制限も嫌なのでやりません」とは私の性格上言えなかった。

そんな私にしてやったり、といった笑みを見せ、ひらりとゴドウィンが手を振る。

「じゃ。アタシ、そろそろ帰るわ。また半月後にね～」

颯爽《さっそう》と帰っていくゴドウィンの背中を力なく見送り、先ほど手渡された紙に目を落とす。

『ダンスの練習は本腰入れてね。全ては気合よ』

気合……。

くう。どうせ草食動物同然の侘《わび》しい食事になるのだろうと思っていたのに美味しいだなんて、マッシュの腕が良すぎてボーナスを支給したい……！

野菜たっぷり、だけど満足感のある食事を出された私はご満悦で舌鼓を打っていた。

アルバート様は今日も変わりなく無表情で、いつもと変わらない食事を摂っている。澄ました顔をしているけれど、あそこにデスソースとか仕込んでいたらさすがに辛くて飛び上がるのかしら……？

そんなことを考えていると、アルバート様が怪訝《けげん》そうに「……なんだ」と眉根を寄せた。

「べ、別に不埒《ふらち》なことは何も。……あ、そうだ。旦那様、私どこかちょっと変わったと思いませんか？」

「……何？」

「いつもと少し変わってませんか？」

聞かれたら鬱陶しいであろう質問だけれど気にしない。なんせ今日の私は一味違う。チャームポイントの丸顔がいつもよりもキュッと小顔になり、肌艶は良く、髪の毛もシャンプーのＣＭの如きサラサラ加減。

いつもの凡庸貴婦人に、心なしか気品が漂っていませんか。

これはさすがのアルバート様も、褒めざるを得ないのではないだろうか。

「……変わりはなさそうだが。何かあったのか？」

「…………イエ。別に何も」

あんな苦痛に耐えたのだから、別人級の誰もが振り向くくらいの美人にならないと割に合わない。思わず唇を尖《とが》らせたけれど、しかし相手は情緒の死んだアルバート様だ。薔薇《ばら》とカーネーションの区別もつくか怪しいし、仕方ないのかもしれない。

ちょっとショックを受けつつも、私は気を取り直して横に控えているハーマンに声をかけた。

「ハーマン。後で時間がある時に、ダンスの練習に付き合ってほしいの」

「ダンス？」

驚いたように目を見開くハーマンに頷いた。

「そう。私、舞踏会ではいつも壁の花になってたから踊るのに慣れてなくて。ゴドウィンに練習しなさいと言われてて」

元々舞踏会にはあまり参加はしてこなかったけれど、たまに参加してもキラキラ系美男美女たちを眺めるのに忙しく、いつも壁と同化していたのだ。

「……なるほど。勿論構いませんが……それなら私よりも、適任がいるではありませんか」

「え？　誰？」

「目の前にいらっしゃいます、アルバート様です」

「それはちょっと……」

「悪いが、断る」

アルバート様と同時に声が重なって、目が合った。

「……旦那様。なぜお断りなさるのですか」

自分のことを棚に上げまくってなんだけれど、断られるとちょっとムッとしてしまうのが人間である。

しかしアルバート様は特に何も気にしていないようで、こちらを見もせず事もなげに口を開いた。

「今、君も嫌と言っただろう」

「嫌とまでは言ってません」

本当は普通に嫌だ。

私のど下手なダンスを、この美しい仏頂面にただただ無言で見られる絵面がありありと思い浮かぶ。なんてシュールで屈辱的なのだろう。

「だが何も問題はないだろう。それに実際私よりもハーマンの方が、ダンスは上手な筈《はず》だ」

「え？　そうなんですか？」

「私はダンスの手解きは受けていたが、舞踏会など人前で踊ったことはない。結婚した以上、王城の舞踏会ではダンスは避けられないだろうが……」

「…………」

一気に不安になってきた。

こんなシャンデリアの輝きを浴びるために生まれてきたでございい、みたいな顔をしてダンスを踊ったことがないとは、全くもって予想外だ。

いざとなれば本番はプロであるアルバート様の動きに適当に身を任せておこうと思っていたのに、これでは大惨事になるのでは……？

「アルバート様。ならばなおのこと練習が必要です」

ハーマンが優しげに、しかしきっぱりと助言した。

「ダンスは男性の力量がとても大切です。ヴィオラ様のためにも、是非とも練習して頂きませんと」

「練習はしよう。しかし慣れない者同士が二人で練習をしても大した成果は出ないだろう。別々に指南してくれ」

「私にも仕事がございますので、お二人分の時間を捻出するのは……。かといって外部の方に今更アルバート様やヴィオラ様の講師をお願いするのも外聞がよくありません。お二人が一緒に踊り、恐れながら私が指南させて頂くことが一番効率的かつ、効果のある方法かと」

確かに私とアルバート様の二人が別々にハーマンに指導をお願いしたら、ハーマンは大変だろうと思う。

だけどなあ……私とどっこいどっこいのダンスが下手な仏頂面に無言で眺められるシチュエーションは、多分想像の五倍くらいは腹が立つに違いない。

最初くらいは上手な人に教えてもらいたいし……。

外聞の悪さを気にしなくても良くて、ダンスが上手で場慣れしている人が他にいたらなあ。

そう思った時浮かんできたのは、ある男の人の顔だった。


「まさかこの私を講師役として呼ぶとはな！」

小鳥がピチピチと鳴く清々しい朝。昨日の今日。

晴れやかな笑顔でやってきたエセルバート殿下に、アルバート様が困惑を隠しきれない面持ちで口を開いた。

「殿下、何故ここに？　講師役とは……」

「お前の妻に呼ばれたのだ。ダンスを教えろと」

「は？」

驚いて振り返るアルバート様に、私は少し……内心かなりほくそ笑みながら殿下に頭を下げた。

横で控えているハーマンが「本当に来たのか……」みたいな顔をしている。

「まさか昨日の今日で来てくださるとは思いませんでした。ありがとうございます！」

「先日は世話になったしな。仕方あるまい」

そう笑う王太子様は、心なしかうきうきとしている。

忙しそうなのに申し訳ないなあと思っていたけれど、意外と王太子って自由な超ホワイトな職なのかしら。

「それよりヴィオラ夫人。一週間見ない間に、随分と綺麗になったではないか」

「！　わかりますか⁉」

「ここまで変わって気づかない奴はおるまいよ。いたら相当目が節穴だ」

気づかないままナチュラルに幼馴染《おさななじみ》を罵倒した殿下は、「それではさっさと取り掛かろう」と手を叩《たた》いた。

「私がヴィオラ夫人の相手役を務めればよいか？　それとも二人が踊っているところを指南すれば……」

「いえ、殿下には女性役として旦那様のお相手をお願いしたいのです！」

一瞬、場が静まり返る。

「……………私が女性役を？」

「はい！　私はハーマンに教えてもらいますので、殿下は旦那様をお願いします！」

更に場が静まり返る。

その静寂を破るかのように、殿下がお腹を抱えて大笑いした。

「よ、よしアルバート。私が完璧な女性として……ハハッ、まずはエスコートされてやろう」

「……………………」

目尻に浮かんだ涙を指で拭いながら、笑いが抜けない殿下をアルバート様が呆然《ぼうぜん》と見ている。

「じゃあ、ハーマン。私たちも踊りましょうか！」

「か……かしこまりました……」

こちらも呆然としていたハーマンの腕を引く。

仲の良くない名ばかりの妻よりも、幼馴染と踊ったほうがアルバート様はリラックスして踊れるだろう。

私は一石で三鳥を狙う女。

私と踊りたくないアルバート様と、アルバート様と踊りたくない私と、時間のないハーマンの三人の悩みが一挙に解決する、我ながら素晴らしい解決策だと思う。

こんなに誰もがＷｉｎ－Ｗｉｎなんて、ちょっと褒めてくれても良いのではないかしら。


運動神経まで良いのか、アルバート様は私たちが思うよりもずっとダンスがお上手で、一、二度踊ってすぐに殿下から「何の問題もない」と合格が出たらしい。

対する私はというと、想像以上に……下手だった。

「……ヴィオラ様、大丈夫です。練習致しましょう……！」

「そ、そうだな。リズム感の悪さは致命的だが、相手の足を踏まなくなっただけ大進歩だ」

ハーマンはともかく、デリカシーのカケラもない殿下にまで気を遣われている。

絶対に笑いそうな人に焦りながら慰められて、逆にそんなに酷かったのか……？　とずうんと気分が落ち込んだ。

そんな私を気にも留めず、アルバート様が淡々と口を開く。

「ハーマン、ダンスはそろそろ仕舞いだ。お茶の準備を」

「！　か、かしこまりました。すぐに」

さすがは安定のアルバート様。気遣いゼロだ。

だけどこれでアルバート様にまで気を遣われたら今夜は一人でしょぼしょぼと枕を濡《ぬ》らしていたと思う。

夫が冷血で助かった……。微妙な感謝を込めてアルバート様に生温い視線を送っていると、横から殿下が吹き出す音が聞こえてきた。笑いの時差が起きている。


「食べないのか？」

テーブルの上に広がる、きらめく美味しいお菓子をなるべく視界に入れないように斜め上の壁を見ていた私は、訝《いぶか》しむ殿下の問いに頷いた。

手に持つ紅茶も、今日はストレート。普段はお砂糖とミルクをたっぷり入れるけれども、当然ながらそれらは一切禁止である。

「ミルクも砂糖もお菓子も舞踏会までは禁止なんです……」

食い意地の張った私がお菓子断ちをしていることが意外だったのだろう。

アルバート様の紅茶を飲む手がピタリと止まり、殿下が焼きたてのクッキーをサクサクと食べながら「気の毒に……」と言い、もう一枚を手に取った。多分全然気の毒だと思っていない。

「では色々と気の毒なヴィオラ夫人に、特別な茶を贈ろう」

そう言って殿下が何やら片手を上げると、気配を消して控えていた殿下の従者が忍びのように音もなくやってくる。

その忍び従者は、どこからか取り出した茶の箱をハーマンへ差し出した。

「これは北方で、春に咲く花を使って作られた茶だ。高価ではないが、今の時期に手に入れるのは苦労した」

ハーマンが慣れた手つきで、しかしいつもよりも丁寧に茶を淹《い》れる。

湯気と共にふわりとたちのぼる香りは、ほのかに薔薇の香りがした。貴婦人のような気分になる、優雅な香りだ。思わず小指を立てて飲んじゃいそうな。

「懐かしい香りだ」

カップに目を落とした殿下が言った。

「なあアルバート、懐かしくはないか?」

「……いえ、私には」

「そうか……」

アルバート様の答えに若干残念そうな殿下が、「これはアルバートの母君が好きだった茶だ」と私に向かって説明をしてくれた。

「あの頃……五歳だったか。ここに来るたびに、いつもこの茶を飲んでいた。私はここで出されるいちごのマフィンが好きで、アルバートは茶のマフィンが好きだった。ルラヴィは太りたくないから甘いものなんて食べませんわと言っていたが、かぼちゃのマフィンだけは無言で食べていた」

ルラヴィ様、可愛すぎか……。

そして自発的な食事の制限なんて考えたこともなかった私は、ルラヴィ様の幼少期からの美意識に内心慄いた。

「マッシュの作るマフィンは最高ですよね。あれはいくつでも食べられます」

「はは、そうそう。競うように食べる私たちを、公爵夫人は食べ過ぎだといつも慌てて止めていたものだ。公爵はよく食べる子どもは育つと笑っていたが……あの頃は公爵も元気で、いや懐かしい」

王侯貴族には珍しい、幸せな一家の団欒《だんらん》話に私は思わず微笑んだ。

貴族の結婚は、政略結婚が多い。

そしてその分、貴族の夫婦関係は多かれ少なかれドライなものらしい。まあ私とアルバート様ほどカッサカサな夫婦は珍しいと思うけど……。

その点フィールディング公爵夫妻は、かなり仲が良いのではと思う。

王都住まいは便利だ。最先端の流行と、楽しい遊び場がたくさんある。逆を言えば王都から離れれば離れるほど不便なのだ。

情報は一月遅れることもザラだし、社交に出るのも超大変。買い物だって、流行のものを仕入れるのに苦労する。

ゆえに高位貴族の殆《ほとん》どは王都に屋敷を構えるし、領地に住まなければならない時も妻だけは王都で過ごすことも珍しくない。

特に、高位であればあるほどその傾向が強いと思う。

それなのに公爵夫妻は王都から離れた領地で、お二人で暮らしているのだ。

「公爵夫妻は、昔から本当に仲が良いんですね」

いつまでも恋人同士みたいな夫婦、素敵だと思う。

「………フィールディング公爵家は少し特殊なのだ」

手元の茶をくるくるとかき混ぜながら、殿下が言った。

「特殊？」

「ああ。フィールディング公爵家の男たちは代々愛が重い。ひとたび恋に落ちれば、その情熱は物語をも凌《しの》ぐ。昔から多くの芸術家が、フィールディング公爵家をモデルとして詩を詠み、歌を作り、絵を描き、小説を書いた」

「……そうなんですか？」

「ああ。きっとヴィオラ夫人も知っている」

殿下が挙げたいくつかの歌や物語の名前は、どれもなんとなく聞いたことがあるものだ。確かにややヤンデレみのある、愛の重い男性の悲恋話だったような……。

「結ばれれば良いのだ。他の女性には目もくれず、生涯一途に一人の女性を愛し抜く。しかし思いを遂げられない場合……破滅に向かう者も少なくない。自分や相手や家族や、時には第三者まで巻き込んで、な。とにかく愛が重いの一言だ。公爵も例外ではない」

なるほど。つまり愛が重くてヤンデレの公爵様は、夫人と二人きりになりたくてアルバート様が成人した途端に領地に行ったということだろうか。

しかしそれは、ちょっとアルバート様がお可哀想なのでは。

だって私がもし十四歳の時に、両親から夫婦水入らずで過ごすために引っ越すと言われていたら寂しいし、悲しいと思う。

まあ我が国では十四歳で成人だし、独り立ちする人も少なくはないから……男の人だったら問題ないのかな。

そんなことを思いながら、私はちらりとアルバート様の顔を見て――、絶句した。

その顔には何の表情も宿っていなかった。

いつもの無表情とは、全然違う。美しい青い瞳がまるで木のうろのようだ。

何の感情もない、としか言えないその表情は、アルバート様の美貌と相まって生きている人間の気配が全くしない。

何も言えずに、視線を移す。彼は膝に置いた手を白くなるほど堅く握りしめ、震えていた。思わずその手を摑《つか》む。氷のように冷たかった。

「旦那様？　大丈夫ですか？」

瞳を覗《のぞ》き込むと、彼がハッとしたように目を見開く。

「……大丈夫だ。問題ない」

そう言いながらアルバート様が私の手を払う。しかし顔色がひどく悪い。目にも生気がなく、体調が良くないことは一目瞭然だった。

「病人のような顔色で、問題ないわけがありません。今日はお休みになってください」

「だから問題はないと――」

「小さな不調は大病の元です。寝るのが嫌だと仰るのなら、眠くなるようにずっと隣で子守唄を歌いますよ。ちなみに私、歌はド下手です」

「…………わかった」

「良かった。ではハーマン、旦那様を。殿下、申し訳ありませんが――」

殿下の方を振り向くと、一瞬だけ殿下が苦しそうな表情をしていたように見えた。

「ああ。――おそらく、疲れているのだろう。ゆっくり休んでくれ」

しかしそう言う殿下はいつも通りの笑顔で、私は見間違いだったのかと内心首を傾げたのだった。


アルバート様が部屋に戻り、殿下も王城に帰ることになった。

出発の用意ができた馬車に乗り込もうとする殿下に頭を下げ、お礼を言う。

「今日は本当にありがとうございました」

「大して役には立てなかったがな」

そう苦笑する殿下は、「まあアルバートは大抵のことをこなすから、執事一人でも大丈夫と思いつつ来てしまったんだが」と、少し弁解するような口調で言った。

「とんでもないです。とっても助かりました……本当に、殿下は旦那様のことが大好きなんですね」

前回もひしひしと伝わってきたけれど、殿下はアルバート様とルラヴィ様が大好きだ。

まあだからこそ、アルバート様が困っているなら助けてくれるかもしれないという気持ちで、いつでも良いのでダンスの指南をとお願いしたのだけれど……。

昨日の夜に出した手紙を見て、今朝来るのだもの。大好きが過ぎると思う。

しかし殿下は私の言葉に優しく微笑んだあと、小さくかぶりを振った。

「……ヴィオラ夫人の思う世界は、優しいのだろうな」

「え？」

「しかし私は好き嫌いだけでは動かんよ。これでも王太子だ」

そう言うと困ったように一瞬沈黙すると、すぐにまた微笑んで手を上げた。

「…………本当に申し訳ない。アルバートを、よろしく頼む」

そう言った殿下が馬車に乗り込むと、馬車はすぐに行ってしまった。

……申し訳ないとは、どういう意味だろう？

私は首を傾げながら、あっという間に遠ざかる馬車を不思議な気持ちで見つめたのだった。

「フィールディング公爵家の愛の深さは有名よね。と言っても痴情のもつれがない家系なんてただの一つもないけれど」

やってきたゴドウィンが、私が手にしていためくるめくヤンデレ恋愛小説たちに目を向けた。

殿下のダンス指南から半月が経つ。その間お菓子を禁じられて何か現実逃避がしたくなった私が図書室に行くと、殿下が言っていたフィールディング公爵家をモデルとした小説や詩集が揃《そろ》っていた。

ちょっと自分に縁があると思うと、途端に読んでみたくなるから不思議だと思う。

それになんとなく、なんとなくだけれど、私はこの公爵家について知らなければならないんじゃないかと思うのだ。

……ということで読み出したのだけれど。

それらの本には全て、詩情溢《あふ》れる美しい文体で異常な愛が描かれていた。

妻を監禁するのは序の口だ。すでに他の男性の妻だった女性を手に入れるために夫を地獄に叩き落としたり、婚約者がいる女性を脅迫したり、果ては無理心中をしたりと男たちは意中の女性を手に入れるべく数々の犯罪行為に手を染めていた。愛が重いというか、完全に倫理観がぶっ飛んでいる。

唯一ピュアだとほっこりしたのが、愛し合った恋人に先立たれた男の人がお墓の前で彼女が蘇《よみがえ》るのを死ぬまで待ち続けた話だろうか。完全に病んでいるけれど、人を傷つけていないのでセーフです。

とまあ、だいぶ重いというか業が深い恋愛小説たちだけど、これは全てフィールディング公爵家の実在の人物をモデルにしたものらしい。

男たちは、例外なく愛が重いようなのだ。

とんでもない家に嫁いでしまった。

愛される可能性がほぼゼロの私には何の問題もないけれど、アルバート様がもしも誰かと恋に落ちたら邪魔者として始末される前に速攻で離婚しよう。

……とはいえ。

「小説だもの。脚色されてるだろうし、実際にこんなことがあったかなんてわからないわよね」

「まあそうでしょうね。それに美貌で知られるフィールディング公爵家の男性に求婚されたら大体の女性は喜んで恋に落ちるでしょうから」

上着を脱いだゴドウィンがコキコキと首を回し、手首をぶらぶらと準備運動させながら言った。

「先代公爵は先代の夫人を絶対に人の目に触れさせたくないと外出を禁じてたらしいけど……現公爵閣下は若い頃から理性的で、夫人と一緒にいる時間は長いもののそんなことまではなさらないようよ。同じ血筋とはいえ、人によるんでしょうね」

「ヘエ……ヒトニヨル……」

私はゴドウィンの準備運動を見て前回の苦痛を思い出し、逃げ出したい衝動に駆られながらギギギ……と悪あがきで逃げる先を目で探すと、控えていたローズマリーとパメラが示し合わせたようにしっかりと私の両手を握る。と言うより押さえつけられているような気もする。

「さあ、始めましょうか」

恐怖のゴングが鳴る。

最初の一押しで、先ほどまで話していた内容はすっぽりと抜け落ちた。


「うっうっうっ……痛いよう……」

激痛のショックで涙目になる私に、パメラが困ったような顔をしてラベンダーの香りのするハーブティーを淹れてくれた。鎮静効果があるらしい。何と気の利く良い子だろう。

「ちょっと痛いわよねぇ〜！　次回からは痛みも少なくなると思うけど」

そう言うゴドウィンはご機嫌に身支度を整え、サッと荷物を持って「また来るわねぇ〜」とイイ笑顔で手を振った。なんという悪魔だろうか。

出て行こうと扉を開けるゴドウィンの姿を恨めしく見つめていると、ゴドウィンが部屋から出ずに立ち止まる。その向こうに銀色のキラキラした髪が見えた。

「……旦那様？」

今まで一度も私の部屋を訪れたことがないアルバート様が、どういうわけか私の部屋をノックしようとしていたらしい。

驚いて呼びかけた私に目を向けたアルバート様は、何故か無表情のまま五秒ほど固まり、背筋が凍るような瞳をゴドウィンに向けた。

「……妻の目が赤い。一体、何があった」

「妻」

まさか誰かの前で妻扱いされるとは思わず、驚いた。

そんな私とは対照的に、ゴドウィンは臆することなくアルバート様に慇懃《いんぎん》に礼をし、普段とは違う本来の男性の声を出した。

「お目にかかれて光栄です。私は舞踏会でヴィオラ夫人の髪結を担当させていただく、ゴドウィン・ラブリーと申します。本日奥様には骨格を整えるため痛みの出る施術を行いましたゆえ、生理的な涙を出されたのかと拝察致します」

「痛みの出る施術？」

アルバート様の眉が不愉快そうに持ち上がる。何に怒っているのかわからないけれど、屋敷に人を入れたのが嫌だったのだろうか。しかしハーマンには事前に報告してるし、それで文句を言うような人かなあ……？

「食事制限も行っていたな。その上痛みのある施術。良い嫁ぎ先を見つけなければならない令嬢に行うのならば理解だけはできるが、妻に必要か？」

「……はい。あなた様の妻だからこそ、ヴィオラ夫人には必要なのです」

ゴドウィンの表情は見えないけれど、言葉の端々に怒りが滲《にじ》んでいることはわかる。

「新婚の慣例を無視され、公爵家に蔑《ないがし》ろにされていると公言されているも同然のヴィオラ夫人には、魑魅魍魎《ちみもうりょう》が渦巻く社交界において何の武器もありませんので」

「…………」

「私は無力ゆえ、差し上げられる武器は何一つとして持ってはおりません。私にできることは、夫人を誰にも文句を言わせないほど気高く美しくさせることだけです」

ゴドウィンの言葉に、アルバート様は不快の表情を崩さないまま、しかし黙って耳を傾けていた。

「……大変失礼なことを申し上げました。どのように処分してくださっても構いません。ですが、舞踏会の日までは夫人の髪結を務めさせて頂きたいと思います」

そう言ってゴドウィンが去っていく。

私はゴドウィンの言葉に『心の友よ〜！』と泣き出したいほど深く感動していた。それと同時に、ものすごくずれた期待をされているのではと愕然《がくぜん》した後冷や汗が出てきた。

たぬきをいくら着飾っても、たぬきはたぬき。

私が誰にも文句を言わせないほど気高く美しく……なるわけがない。

そもそもこの丸顔がどうやって気高さを……あっ、だからゴドウィンは一生懸命私の頰を押していたということ……？　と一人で考え込んでいる私の頰に、視線が刺さる。

顔を上げるとこちらを見ているアルバート様と目が合って、私はハッとして慌てて口を開いた。

「あの、旦那様。ゴドウィンは私の昔からの親友で、ちょっと過保護な兄？　のような人でして」

「……そうか」

「私を心配してくれただけなので、処罰とかはしないで欲しいです……」

平民のゴドウィンが、貴族のトップである公爵家の嫡男に物申すのはどんなに重いことか、ゴドウィンにはわかっていたはずだ。

それでも私のために怒ってくれた心の友を、処刑も投獄もさせるわけにはいかない……！

私の燃えるような決意に、アルバート様が一瞬考えるような表情を見せたあとかぶりを振った。

「……最初から処罰などする気はない」

「！　ありがとうございます」

「面倒だからだ。あなたのためではない」

そう素っ気なく言うアルバート様に安堵《あんど》して「旦那様って意外と心が広いんですね」とほっと息を吐いた。

「だからあなたのためでは……」

「それでもです。だって普通、ぐうの音《ね》も出ない正論で殴られたら腹が立つじゃないですか！」

否定しかけるアルバート様に向かって首を横に振る。

「それなのに言い返すこともなく、黙って聞いた上で処罰もなしなんて。私、最初は旦那様のことを血も涙もない冷血ゲス人間だと誤解してましたけど、最近はちょっとだけそうでもないのかなと思い始めて……今本当にそうではないんだとわかりました！」

「…………」

そもそも半月前、体調を崩された日からアルバート様は微妙に私を避けていた。

多分勝手に一国の王太子殿下を呼んだり、その殿下の前で笑えないほど下手なダンスを披露したりしたからだと思う。

普通の仲が悪い夫婦だったら……きっとマジギレされていた。

それを、そっと距離を置くだけに留めているのだから、その時点でアルバート様は優しい。まあ、怒るのも面倒くさかったのかもしれないけれど。

……それにしても、そんな避けていた私の部屋に一体なんの用事だろう？

「それよりも旦那様。今日はどうなさったのですか？　何かご用が？」

微妙そうな顔のアルバート様に尋ねると、彼は不意をつかれたように口を開いた。

「あ、ああ……。ゴドウィン・ラブリー……彼に話があった」

「ゴドウィンに？」

驚いて目をパチパチと瞬かせる。

「彼に用があるのなら、呼び戻しましょうか？　それとも手紙を代筆しましょうか？」

「……いや。もう、何でもない。私が浅はかだったようだ」

アルバート様は自嘲気味に唇の右端を上げ「失礼する」ときびすを返した。

「あ、旦那様！　ちょっと待ってください」

去ろうとする後ろ姿に慌てて声をかける。振り返る顔に、私は「一緒にダンスの練習をしてください！」と言った。

「………ダンス？」

「そうです。私、一向に上達しないのです」

昨日、もはや諦めきって菩薩《ぼさつ》のような表情を浮かべていたハーマンを思い出す。

ここ半月、毎日のように彼にダンスの練習に付き合ってもらっていた私は、悲しいことに上達する予兆すらなくハーマンを驚愕させその頭を抱えさせていた。

これ以上はハーマンが可哀想だ。それに私も自分自身の才能の無さに、そろそろうんざりしてきている。いや、ハーマンの方がうんざりしてるとは思うけれども。

「ですので、ちょっと邪道かとは思うのですが……旦那様に、ぜひ練習に付き合って頂きたくて」

「邪道？」

「はい。私はリズム感が壊滅的でして……」

私は、運動神経は多分そこまで悪くはない。と思う。

悪いのはリズム感。どんな曲でも何故かテンポと動きが合わず、合わせようと懸命に音を聴いているうちに足や手がもつれ始め、惨憺《さんたん》たる有様になる。

「なので、私は音楽を聴かないようにして旦那様の動きに合わせて体を動かしてみようかと」

「……なるほど」

「なので旦那様と息を合わせる練習をしたいのです」

「しかし……」

「ダンスが上手にできないと、肩身が狭くなりそうですし……」

忙しい……と断りそうなアルバート様の、微かな良心を攻撃する。

効くかなあ、と思っていたけど、彼は十秒迷って微かに頷いた。やっぱり、良い人だと思う。

一度や二度の練習ではうまくいかない。

途中で「忙しい」とか言ってやめるかなと思っていたアルバート様だが、意外や意外。真剣にアドバイスをしてくれ、まじめに取り組んでくれていた。

「力が入りすぎている」

「うーん……難しいですね……」

アルバート様の指摘に、私はむむっと眉根を寄せた。

音楽を聴かない選択は正解だった。昨日まではりははるかに『なんとかなるかもしれない』という微かな希望が見えてきている。しかし今のところ私の動きはカクカクと、ぎこちないらしい。

「音楽を聴かないよう無心無心と思っていると、どうしても力が入りすぎてしまって……」

私は、ため息を吐きながら知恵を絞った。

「無心のイメージがよくないのかも……ちょっと、何か力が抜けたものをイメージしてみます」

力が抜けたもの……力が抜けたもの？

ええと……海底を漂う弱ったタコとかかしら……。

そのイメージのまま、アルバート様の動きに合わせてただただ体を動かす。

イメージした脱力さが良かったのか、先ほどよりもスムーズに踊ることができた。

「……まだまだだが、今までで一番踊れている、とは思う」

「やった！」

私は嬉《うれ》しくなって、さらに練習に精を出した。

そして途中で様子を見に来たハーマンの強い圧力により、これから先の一ヵ月間、三日に一度アルバート様と一緒に練習をすることになった。

それら全てが無駄になるとは、この時点では知る筈もなく。


まさか生きている間にリアル『これが私……⁉』をやることになるとは思わなかった。

苦節一月半。

艱難辛苦《かんなんしんく》の果てに鏡に映った私は、ちょっと自分じゃないくらいの美人だった。

目はいつもの五割増しで大きく、鼻筋は通り、かつてない程顔が小さくなっている。洗練された品の良い水色のドレスに、複雑に結い上げられた髪型は大人っぽいのに可憐《かれん》だった。

何故か普段の三倍くらい賢そうにも見えて、良いお家《うち》の麗しき貴婦人オーラがありありである。

「まあ、アタシがかなり本気を出せばこんなものよ」

この上ないドヤ顔でゴドウィンが言い、確かに彼は本気だったな……と遠い目でこの一月半を振り返る。

私も確実に今世で一番頑張った。

最終的には『舞踏会とかもうどうでも良いな……』と思うくらいに鬱だったけど、こうして我慢の一月半を終えた今となっては解放感が頭のてっぺんから足の爪先まで疾風のように駆け巡り、清々しい気持ちでいっぱいだ。

それに何より、自分が美女。今まで味わったことのない新感覚に気持ちがほわほわと浮き立ってしまう。一生鏡を見ていたい。

「ヴィオラ様。そろそろお時間です」

パメラに急かされ、名残惜しく鏡から目を離してゴドウィンにお礼を言った。

「ゴドウィン、綺麗にしてくれてありがとう！」

「…………いいえ、よく頑張ったわね」

ゴドウィンが私の髪に真珠の髪飾りを差し、「頑張って戦ってらっしゃい」と優しく微笑んだ。

「お化粧が落ちないように夜会中は絶対に顔には触らない、水には濡れない、大きく表情を動かさない、を徹底してね」

「イエスボス！」

「……なんだか心配ねえ……」

敬礼する私に不安そうな顔を向けるゴドウィンに心配ないと笑って、私はアルバート様が待っているだろう馬車へと向かった。

馬車の前でハーマンと何かを話しているアルバート様は、真っ白な正装に身を包み、私のドレスと同じ水色のタイを身につけていた。

彼の銀髪と青い瞳にその色はよく似合っていて、やっぱり見た目は世界一かっこいいな……と改めて感心した。

磨き上げて詐欺の域に達した私の過去最高の美人度を、サラッと正装しただけで易々と追い抜いている。ゴドウィンが見たら泣くかもしれない。

しかし普段は路傍の石ころみたいな私である。正装姿の彼の隣に並んでちょっと見劣りするくらいで済んでいるのは、逆にすごい。

「お待たせしました」

そんなことを思いながら声をかけると、振り向いたアルバート様が私をじっと見る。無言のまま数秒沈黙したあと「ああ」と謎に頷き、そのまま素っ気なく馬車に乗り込んでしまった。

「ヴィオラ様。今日はいつにもましてお綺麗ですね」

私も馬車に乗り込もうと足を進めると、ハーマンが目を細めて褒めてくれた。

「人生で一番綺麗にしてもらいました！　ダンスもなんとか形になりましたし、今日はばっちりです」

「ダンス……大変努力なさいましたね……」

遠い目をしたハーマンが、感慨深げに頷く。行ってらっしゃいませ、と深く礼をしたハーマンに手を振り、馬車に乗り込んだ。

馬車はゆっくりと、しかし徐々に足早に進み始める。

外の景色が物珍しくて見ていると、アルバート様が珍しく自分から口を開いた。

「……今日は、いつもと違うのだな」

「！」

さすがに今日の私の変わりように気付いたようだった。

アルバート様の成長なのか、それとも連日のダンスの練習で距離が縮まったのか、ゴドウィンの腕が良すぎるのか、そのどれもなのか。

アルバート様の滅びた筈の情緒の息吹に思わず「お気づきになりましたか？」と声を弾ませると、彼は小さく頷いて口を開いた。

「さすがに今回はわかる。目がいつもよりも格段に大きく、顔の輪郭が心なしか小さい。それと顔色が、普段より赤みがかっている」

「………………」

アルバート様の情緒はやはりただのしかばねのようだった。

著しく感受性の低い認識の仕方に、私は脱力しつつ口を開いた。

「……旦那様。それをですね、全てひっくるめて『可愛くなった』『綺麗になった』と仰ってくだされば、私は素直に嬉しいです」

「可愛く……綺麗に……？」

そんなことは思っていなかった、とでも言いたげにアルバート様が困惑している。

「まあでも……違いに気づいてくださっただけでも嬉しいです」

多少がっかりな流れだったとはいえ、あのアルバート様がいつもと違うと認識し、しかもそれを自分から口に出すなんてすごいことだと思う。

何より今日の私は、解放感やら初めての王城舞踏会やらで機嫌が良いしテンションが上がってるのだ。

「旦那様の正装も素敵です」

そう微笑んで、私の思いは今日初めて訪れる王城へと飛んでいく。

「王城ってどんな場所でしょう。きっときらびやかで、美味しいものがたくさんあって、美男美女がたくさんいるんでしょうね……！」

更にテンションが上がっていく。

ようやく今日から、好きなものを好きなだけ食べられる生活に戻れるのだ……！

といってもウエストをコルセットできつくきつく締め付けられている私には、水三杯入るかどうかも怪しい。

まずは出される食べ物たちの全体像を眺めて、何を口に入れるかの計画を立てなければ！

脳内で完璧な計画を立てることに集中していると、あっという間に馬車は王城についた。

先に馬車から降りたアルバート様の後に続こうと、降りようとした私は目に飛び込んでくる光景にハッと息を呑《の》んだ。

「きれい……」

初めて見る王城は、とても綺麗だった。

夜の中に浮かび上がる白を基調とした大きな城。あちらこちらにキラキラとまばゆい純金が贅沢《ぜいたく》に装飾として使われているのを、無数の灯が照らしていた。

目を離さないまま馬車から降り、高揚した気分のままで前に進むと、石畳につまずいた。

今この格好で転んだら一巻の終わり――と焦った瞬間、アルバート様が私の腕を掴み、すんでのところで転ぶのは回避できた。

「あ、ありがとうございます……」

「足元を見て歩いたほうが良い」

それだけ言うと、彼は腕からパッと手を離す。

ちょいちょい、優しいところもあるのよね……。

雨の日に子猫を拾う不良を見たときのような気持ちになりながら、私は転ばないように足元を見つつ、しかし周りの観察は怠らずに会場へと進んだ。

一歩ダンスホールに足を踏み入れると、そこは異次元のように美しい世界が広がっていた。

豪奢《ごうしゃ》に金を纏《まと》う柱や天井を、シャンデリアの光が照らしてキラキラと輝いている。

正装の楽団が音楽を奏で、着飾った老若男女が談笑する姿はまるで映画のワンシーンのようだ。

「だ、旦那様！　見てください、どこもかしこもキラキラしてますよ……！」

「ああ」

「参加されてる方の衣装もみんなお洒落《しゃれ》で素敵ですね……！　いつもこうなんですか⁉」

「……おそらくは」

興奮して小声でまくしたてる私に呆《あき》れているのか、アルバート様は何故か私を見つめていた。

その視線を受けて、確かに淑女が興奮してはいけないだろうと我に返る。

こほん、と咳払《せきばら》いをしつつ、冷静を装ってさりげなくあたりを見回すと会場中がそれとなく私たちに注目しているようだった。

少し離れた場所にはルラヴィ様が他のご令嬢と一緒にいた。扇子で目元以外は隠れているけれども、誰が見てもわかる程に冷ややかな、射貫くような眼差しでこちらを見ている。

わあ……嫌われている……。

若干悲しい気持ちになりながら挨拶すべきかしないべきか悩んでいると、私の耳にヒソヒソと女性たちの声が飛び込んできた。ルラヴィ様たちではなく、別の場所にいる他のご令嬢たちだ。

「あれが……噂《うわさ》よりはお綺麗ですわね」

「確かに以前お見かけした時とは別人のようですけれど……」

「しかし釣り合いませんわ。ルラヴィ様のように、全てに恵まれた方ならともかく」

彼女たちの言葉に、私はうつむいて唇を噛《か》んだ。

悲しかったわけではない。

噂よりはお綺麗！

以前お見かけした時とは別人！

努力が報われた勝利のファンファーレが脳内に高らかに鳴り響く。

だって褒めてくれるのは雇い主に忖度《そんたく》せざるを得ないハーマンやローズマリー、それからゴドウィンだけだった。

たとえ嫌味であっても、いや嫌味だからこそ、人から言われる『綺麗』の言葉は私をニヤつかせるには充分な威力がある。

しかし嫌味を言われてニヤニヤしてたら変人なので、私は引き続き唇を噛んで、必死でゆるみそうになる頬を引き締めた。

「ヴィ……」

「やあ、アルバート！　ヴィオラ夫人もよく来てくれた」

横のアルバート様が何かを言いかけた時、遮るように聞き覚えのある声が聞こえた。

黒い正装に身を包んだエセルバート殿下だ。

「殿下。本日はお招き頂き……」

「良い、堅苦しい挨拶はいらぬ。アルバート、ヴィオラ夫人。先日は心地よいもてなしをありがとう」

今日の殿下は短い赤毛を後ろに撫《な》でつけ、いつもよりも大人びた精悍《せいかん》な雰囲気を纏っている。

どこか作り物めいた完璧な微笑みを私に向け、よく通る威厳のある声で言葉を続けた。

「いや、アルバートは大変良い妻をもらった。以前は氷の薔薇なんて呼ばれていたが、結婚してからはその棘《とげ》も取れてきたようにも思える。朴念仁の友人が君のような妻に出会えたことが私は大変嬉しい。是非ともまた三人で茶を飲もうではないか」

殿下の言葉に、会場中がハッと息を呑む。

突然の褒め言葉に狼狽《うろた》えながら「ありがとうございます」と礼をすると、殿下はにこやかに笑った。

「……殿下」

小声で殿下を呼ぶアルバート様が、何故か少し怒っているような目を向けた。

殿下はアルバート様の肩をポン、と叩き、周りには聞こえないような小さな声でこう言った。

「アルバート。私が彼女に目をかけていると公言したのは、彼女を守るためだ」

殿下の言葉に、アルバート様は微かに眉根を寄せた。そんな彼の顔を見た殿下が、私には聞き取れないほど小さな声で何事かを囁《ささや》いた。

「エセルバート王太子殿下。アルバート様。私共も、夫人にご挨拶をさせて頂いてよろしいでしょうか」

アルバート様がまた何かを言いかけようとした時、何やら偉い人といった雰囲気を醸し出した男女がやってきた。

ルラヴィ様のご両親であるアッシュフィールド公爵夫妻や、ゴーンウッド侯爵夫妻、バシュクラウド侯爵夫妻など名だたる高位貴族が、微笑みながら次々と私に挨拶にやってきて、いつしか人だかりまでできていた。

挨拶の波に一区切りがついたところで、お手洗いを装って逃げるようにホールから出た私は廊下の片隅でふう、と一息ついていた。

王族の一声、すごい。

気を遣ってくれたのだろう殿下の鶴の一声で、私を見る周りの目は一瞬にして変わった。虎の威を借る狐《きつね》ならぬ殿下の威を借るヴィオラである。あの権力、めっちゃ欲しい。

それにしてもつくづく私の周りは優しい人が多い。強メンタル以外は何も持たない小娘の私を色々な人が気遣ってくれていて、今回の人生の恵まれように思わず胸が熱くなる。

彼らの恩に報いるためにも、今日はとことん楽しんで帰らなければいけない……！

まずは全然見られなかった軽食の種類を見つつ、そろそろ始まるダンスを一回こなしたあとに散歩と称して中庭やテラスを観察し、今日は人生初のシャンパンなんかも飲んじゃいますかね！

そうと決まれば善は急げだ。ホールに戻ろうと足を進めたとき、私の前にシャンパングラスを手に持った二人の女性が立ち塞がった。


「慣れてない場所に来て、お疲れのようですね」

「身の丈に合わない場所に来られると大変ではありません？」

そう言うのは、先程ルラヴィ様と一緒にいたご令嬢のうちの二人だ。

「見た目だけを繕っても、場違いですわ。いくら殿下に目をかけられていようと、少し何かを言われただけでうつむく方に王城は向いてなくてよ」

「お父君の友情を汚してまでアルバート様を手に入れた執念には脱帽致しますけれど、そろそろ身の程を弁えたほうがよろしいのではなくて」

少女漫画でよく見たやつだ……！

まさか自分がリアルに体験するとは思わなかった。驚きつつも、絶対誤解されたくないところだけは訂正しようと口を開く。

「誤解されています。私も、私の父もフィールディング公爵家に縁談を持ちかけたことはありません。これは現公爵閣下が決められた結婚です」

ここだけは誤解されたくない。この結婚、公爵閣下と、それから微妙に私のお父様。その二人しか喜んでいないのだ。

そう言うと二人はまなじりをつり上げ、更に気色ばんだ。

「けれどもあなたにアルバート様の妻の地位は不相応でしょう！　お断りなさるべきだったわ」

「そうよ。何故ルラヴィ様ではなくてあなたがアルバート様の妻なの？　見た目も家格も教養も何もかもルラヴィ様の足元にも及ばないくせに」

「仰る通り私は色々な面でルラヴィ様の足元にも及びません。だからこそ公爵家からのお申し出をお断りできる立場にはなかったので……」

私が淡々とそう言うと、二人はキッと私を睨《にら》んだ。

「……まあ、ルラヴィ様の気持ちを知っていながらこんな田舎娘と結婚したアルバート様も、おかしいですわ」

「……それもそうですわね。愛が重いと言われているけれど、実際とんでもない歴史をお持ちの家系ですもの。ルラヴィ様はあんな人と結婚しなくて良かったわ」

「あなたは愛されることがないから平気でしょうけど、アルバート様がルラヴィ様と結婚なさったら大変だったわ。新婚の慣例を無視されるどころか、生涯監禁されていたかもしれないもの」

「……私の夫を侮辱するのはやめて頂けますか？」

怒りの矛先をアルバート様に向けた彼女たちを、強く見据えた。

「人に恋をされたら必ずその気持ちに応えなければおかしいなんて……その考えがおかしいですし、ルラヴィ様にも失礼です。それに家系がそうだから、先祖がそうだからといって、何もしていない人を貶《おとし》めるのは間違っていませんか？」

ふつふつと怒りが込み上げる。

彼とは仲の良い夫婦ではないし、大して会話をしたわけでもない。けれど彼は死ぬほど不器用で失礼なだけで、故意に誰かを傷つけようとしたり、感情のままに振る舞うような人ではないと思う。

「謝ってください」

「なっ……私がどうしてあなたなんかに」

「私ではなく夫にです」

「侯爵家の娘である私に向かって、生意気なことを……！」

女性の一人が、シャンパンの入ったグラスを勢いよく振り上げる。

えっ。あの素振り、どう考えてもシャンパンをかけるのではなくシャンパングラスで殴るつもりの構え方なんだけど……！

高いヒールでは身動きが取りにくく、咄嗟に目を瞑《つぶ》って衝撃に身構える。

次の瞬間何か大きなものに包まれる感触と、ガラスが砕けるような音、それからルラヴィ様の「何をしているの！」という悲鳴混じりの声と、一拍置いてシャンパンが降りかかる冷たさを感じた。

目を開けると、そこには私を抱きしめて額から血を流し、『絶望』みたいな表情を浮かべるアルバート様がいた。

五億円の壺《つぼ》でも割ったかのような表情に、どうしてそんなに絶望的な顔を？　と一瞬思ったけれど、アルバート様の額から流れる血を見てその考えはどこかに吹き飛んだ。慌てて身を離し、ハンカチを取り出してアルバート様の額を押さえる。

頭の中は混乱していた。

ご令嬢がシャンパングラスで殴りつけるという前代未聞の暴挙も、アルバート様が多分私を庇《かば》ったのだろう事実も、あり得なさすぎて目眩《めまい》がするようだった。

「衛兵！　捕らえよ！」

エセルバート殿下の鋭い声がして、いつの間に現れたのか衛兵がすかさず「そんなつもりでは」「手が滑って」と弁明している令嬢二人を後ろ手に縛った。

「だ、大丈夫ですか旦那様……！」

「問題ない。あなたは……随分と濡れてしまっているが、怪我は」

「わ、私は大丈夫ですけど……怪我をなさってるのは旦那様じゃないですか……！」

「かすり傷だ」

そう言うアルバート様はやっぱり夢も希望もない顔をしていて、全然大丈夫じゃなさそうだった。

しかし確かに傷は深くなさそうだ。出血も思ったほど多くはなく、大怪我にならなくてよかったと心底ホッとする。

「あ、あなたたちっ……一体何をしているの！」

青ざめたルラヴィ様が、拘束されている令嬢二人に激しい剣幕を見せる。

「ルラヴィ様！　私たちは、ルラヴィ様を思って……これは違うんです！　そのっ……アルバート様を傷つけようとしたわけじゃなく」

「私たちはただ、アルバート様に相応しいのはルラヴィ様だと田舎娘に教えようと……！」

「……っ、なんてことを……！」

「……信じられないな。貴族の模範となるべき侯爵家の令嬢が次期公爵夫人を侮辱し、害そうとした挙句次期公爵を傷つけるとは」

殿下の怒気を孕《はら》んだ冷たい声に、令嬢たちがヒッと言葉を失う。

「連れていけ。何の弁明も聞く気はない」


結局私たちは舞踏会どころではなくなり、王城を後にすることにした。といっても侯爵令嬢が公爵家の嫡男を害するという前代未聞の事件が起こったので、舞踏会自体中止になってしまったのだけど。

「本当に、帰る前に医務室に寄らなくていいんですか？」

「ああ」

私はすぐにでも王城の医務室で手当してもらいたかったけれど、断固拒否のアルバート様の意思は固くて、仕方なく屋敷に帰って手当をすることにした。

馬車に乗り込むと、見送る殿下が物憂げな表情を見せた。

「王城でこんなことが起きるとは……悪かった。お前の怪我やヴィオラ夫人の……名誉も含めて、悪い噂にはならないように善処しよう」

「……感謝します。色々と」

「とりあえず屋敷に戻ったらすぐに手当をするように。ヴィオラ夫人、君もゆっくり休んでくれ。アルバートを頼んだ」

「はい。……ご迷惑をおかけして申し訳ありませんでした」

申し訳なくなって頭を下げると、殿下が微かに微笑んで「君が謝ることではない」と首を振った。

「今回の件については追って沙汰する。……では、また」

殿下がそう言うと、馬車が走り出す。

けして穏やかではないガタゴトという振動が傷に響くのではとアルバート様を見ると、彼は物憂げに窓の外を眺めていた。

「あの……旦那様」

「なんだ」

アルバート様が、窓から視線を剝がし私を見つめ、青い瞳が月明かりにきらめいた。

綺麗な人だなあ。あらためてそう思いながら、私は口を開いた。

「庇ってくださって、ありがとうございました」

本当は謝りたかった。

悪いのは彼女たちだし、私は間違ったことは言ってないし、むしろまだ言い足りない。だけど人の目につかないところで感情のままに言い返すのは悪手だったのだろう。

私が冷静に対応していたら、きっと彼女がシャンパングラスを振り上げることはなく、アルバート様が怪我をすることもなかったはずだ。

ただ私が謝ったら、アルバート様への暴言も話さざるを得ない。

もしかしたら耳に入ってしまったかもしれないけれど、できることならあんな馬鹿馬鹿しいセリフは誰の耳にも入れたくなかった。

「君は……」

「はい」

「いや……何でもない」

アルバート様が首を横に振り、何かに気づいたように私の顔をじっと見た。

「……少し顔色が悪くないか？　どこか怪我を？」

「あー……お酒の匂いと、馬車の揺れで乗り物酔いしたようで……大したことはないです」

馬車酔いするのも無理はないと思う。

なんせ私もアルバート様も、今ぷんぷんと全身が酒臭い。先ほどシャンパンを頭からかぶったせいだ。

色んなところがベタベタするし、シャンパンがかかったのが頭ということもありダイレクトに鼻にくる。というかこのお酒、香りからして割と強いんじゃないだろうか……。

しかし私の代わりに流血したアルバート様の前で具合が悪いです！　とは言い辛かったので黙っていた。

「一度馬車を止めて外に出ようか。それとも早く屋敷に帰り湯浴《ゆあ》みをしたほうが良いのか……？」

「いえ、全然お気になさらず！　旦那様のお怪我に比べたらどうってことは……。あ、でも、もしも旦那様も匂いが気になるようでしたら止めましょう！　でも傷の痛みの方がお辛いのならば、急いで帰りましょう！」

どちらにせよ、王城から公爵家まではそんなに遠くない。あと二十分もあればついてしまう距離なのだから、頑張って気を紛らわせていれば少なくとも吐くことはないと思う。

「私はどちらも平気だ」

そういつもの無表情で言い放つ彼は、確かに平気そうな顔をしている。

絶対痛いに決まってる。それに絶対臭いと思う。

「お酒の匂いには鼻が慣れてしまっているのだとしても、怪我をなさって痛くないわけないじゃないですか」

私がそう言うと、彼は気まずそうに「……本当に、気にしなくていい」と言った。

「そんなことは……旦那様が痛みを感じないとか、匂いを感じないのでしたら気にしませんけどね」

「……！」

私が何の気なしに言った冗談に、アルバート様は大きな瞳を見開き、激しく動揺した。

その反応に驚いてどうしたのかと問おうとした時、何となく今まで過ごしてきた中でのアルバート様の様子を思いだして、まさかと思う。

「……旦那様、まさか本当に、痛みや匂いを感じないのですか……？」

「………………」

「もしかして味覚も……」

私の問いに、旦那様は躊躇《ためら》いながら頷いた。

「今、自分から酒の匂いがするのはわかる。怪我をした部分が熱く、痛みを訴えているということもわかる。感覚が損なわれたわけではなく……快・不快の判断がつかない、といった方が良いかもしれない」

そう話すアルバート様は、淡々と自身が感じないものを教えてくれた。

味覚・痛覚・嗅覚・聴覚、その諸々、目に映るものから得られる情報。

五感は感じるけれども、それを喜びや悲しみや感動として受け取る情緒が機能していないようだった。

「それは、なぜですか？　いつ頃から……」

「……あまり、覚えてはいないな。ただ私は、この状態に不便は感じていないし、これでよいと思っている。特段あなたが気にするべきことではない」

アルバート様はこれ以上この話題に触れてほしくなさそうで、「ひとまず馬車を止めさせて休憩しようか」と話を逸らした。

しかし私の馬車酔いなど、この衝撃の事実の前には吹っ飛んでしまった。

「……旦那様。感覚は、絶対に取り戻すべきものです」

私の言葉に、アルバート様が眉根を寄せる。

「私は困ってはないし、君が気にすることでは――」

「朝早くから夜遅くまで仕事を頑張っているのに、何の楽しみもない人生なんて生き地獄ではないですか……！」

考えただけで泣けてくる。

そりゃあ拗《こじ》らせる。拗らせるに決まってる。私なんてこの一ヵ月半、食べ物が制限されただけで世界が灰色になったような心地だったのに。

私はこの気の毒な旦那様の手を強く握り、やや引き気味の彼にずいっと迫って口を開いた。

「私が、感覚を取り戻すお手伝いを致します！」

第三章　情緒奪還大作戦

「良いですか旦那様。味覚は神が与えたもうた最大の恩寵《おんちょう》です。ゆえに、まず先に取り戻すのは味覚です！」

「…………」

早朝の光が差し込む厨房《ちゅうぼう》の中。

頭に包帯を巻いたアルバート様が真っ白なエプロンを身につけて、しぶしぶ、不承不承、遺憾なり、と言いたげな面持ちで頷《うなず》いた。

昨夜の私の提案を、最初アルバート様は「結構だ」とけんもほろろに断った。

「ですが……」

「必要ない。私はこのままでいい」

そう言うアルバート様の表情は硬く、絶対に譲らない、触れてくれるなと言わんばかりだ。

しかしアルバート様は、割と押しに弱かった。

「一緒に暮らしているのに何もできないなんて……申し訳なくて美味しくご飯を食べられません」

と悲しげに訴えた私に沈黙した時点で、アルバート様の負けは決まっていた。

それからも押し問答は続いたけれど、最終的には投げやりなアルバート様から「好きにすればいい」と言質を取ることができた。

ただし、その感受性を取り戻す行動にあたり、アルバート様は二つほど条件を出した。

「まず一つ目に、何故こうなったのか、詮索はしないでもらいたいし、使用人を含めて誰にもこの話はしないでほしい」

「もちろんです。誰にも言いません！」

力強く頷く私にアルバート様が胡乱《うろん》げな視線を向けたけれど、安心してもらいたい。

私は割と勘が良い。なんとなく察しはついてるし、だからこそこれは誰にも言ってはならぬと言われる前から理解していた。

おそらく、これは厨二病の弊害だ。

アルバート様は厨二病を発症していただろう十四歳の多感な時期に、ご両親と離れ、公爵代理として孤独にお仕事を頑張っていた。

多分……その間、どっぷりと自分の設定に浸《つ》かっていたに違いない。止める人がいないのだから。

止めてくれる人がいたのなら、屋敷はあんな状態になっていなかったはずだ。

当時彼は十四歳の男の子。慣れない公爵代理の仕事、親のいない不安。重圧やストレスのはけ口が趣味である厨二病へと向かっても、それは仕方がないことだ。

厨二病患者は、感情や痛みを感じない設定が好きだと聞いたことがある。おそらくはアルバート様も自身をそう設定し、強く思い込んでいるうちに、本当に何も感じなくなってしまったのではないだろうか。

もちろん理由は厨二病ではなくて、素人が気軽に触れてはいけないような、何か大きな出来事があったのかもと思わなくもないけれど……。

何か大きな、心に傷を負うようなことがあって急に感覚を失ったのならきっと周りは気づくと思う。あの優しそうな公爵夫人や、夫人にヤンデレてるとはいえ息子の幸せを願う公爵閣下、それにハーマンが、彼を放置はしないだろう。

少なくとも、お医者さまには診て頂くはず。

私が知る限り、アルバート様がお医者様にかかっていることはない。

それに「私はこのままでいい」という発言も、誰にも知られたくないという発言からしても……どうしても、誰にも気づかれたくない理由があるに違いないのだ。

……確かにこれは、誰にも知られたくないだろうな。

大丈夫大丈夫。私は誰にも言いませんよ。という慈愛の気持ちをこめてアルバート様を優しく見る。なぜか彼は物凄く複雑そうな顔をしたが、諦めたように口を開いた。

「…………………次に、二つ目。ある程度試しても効果がなかった時にはすぐに諦めてほしい。期限は……そうだな、三ヵ月。それ以降はこの話題に触れないでほしい」

「三ヵ月は短すぎませんか？　せめて一年ではどうでしょう」

「……半年。それ以上は譲れない」

半年あれば……なんとかなるかな？　アルバート様、最初の頃よりは人間らしくなってきたし。

なんとかならなかった時は、まあその時に考えよう。

……と、そう思った私が一番初めに手をつけたのが前述の通り食育である。

確か食に興味のない幼児に興味を持たせるには家庭菜園や一緒にお料理をすると良い、となんかで聞き齧《きかじ》ったことがあるのだ。アルバート様は幼児ではないし遊びに夢中な年頃でもないけれど、食育の基礎ということで。

「ヴィオラ様。マフィンのレシピと材料をご用意しましたが……」

マッシュがいろいろな材料を両手と肩に携えて、困惑した様子で厨房へとやってきた。

いつも優しい大男であるマッシュは、かわいそうにこの屋敷の主人が現れてちょっと動揺している。

「マッシュ、旦那様が小さい頃一番好きだったのは紅茶のマフィンで間違いない？」

「は、は、はい……。お小さい頃は大変お好きでいらして……」

「じゃあやっぱり今日はマフィンで！　私と旦那様、どっちが上手に作れるか勝負です！」

この作戦は我ながら天才的だ。

お菓子作りは楽しいものだ。楽しいという情緒を刺激し、そして出来上がったそれぞれのマフィンを食べ比べる。味の違いに気付き、そこから味覚が復活するという流れ。完璧だ。

問題は今のところ、そわそわするマッシュの指示に従ってバターと砂糖を混ぜているアルバート様が全く楽しそうではなく、「私は今何を……？」みたいな顔をしていることだろうか。

まあ計画通りにうまくいかないとしても、最終的に食べ比べをするため私もたくさんマフィンを食べられる。

それに何より私自身が一度は料理をやってみたかったのだ。前世でも今世でも料理なんてやったことがないんだもの。

そう……私は今日、初めて泡立て器を握ってるのだ！

ちなみに私の前世での夢はパティシエだったので、かなりテンションが上がっている。

つい楽しくなって、本来の趣旨もそこそこに私はフフンと勝ち誇った笑みを浮かべた。

「旦那様！　さすがにこの勝負は私の方が勝ちますからね！」

「その勝敗は誰が判定するんだ……」

「私です！」

「……そうか」

そんな温度差のあるやり取りをしつつ。

アルバート様とのお菓子作りは、冷や汗をかいてるマッシュの導きによりうまく進んだ。

焼き上がりの匂いは互角。

問題は味である。互いのマフィンを味わいながら、アルバート様は首を傾げて口を開いた。

「……私には、全く同じ味のように思えるが。勝敗は？」

「……引き分けでしょうか……」

マッシュのレシピを見ながら、マッシュの指導で作ったマフィンはほぼほぼ同じ味だった。

「味が一緒なら、これは私の勝ちではないだろうか」

アルバート様は、手元のマフィンを眺める。

きっちりと膨らんでるアルバート様のマフィンと、マッシュの制止を振り切り、欲張りすぎたせいでカップから雪崩《なだれ》を起こした私のマフィン。

「……花を持たせてあげたんですよ！」

少し……いや、かなり悔しい。

私は心の中で次はお互いマッシュの手を借りずに勝負しようと誓った。


早いもので舞踏会から二週間が経った。

あの後どうなったかというと、二人の侯爵令嬢のうちの一人、スタンリー侯爵令嬢は一ヵ月ほど自宅謹慎を命じられ、アルバート様に怪我をさせたもう一人、チェンバレン侯爵令嬢は三ヵ月の自宅謹慎を命じられた。

軽い処罰で済んだのには理由がある。

彼女たちが手に持っていたシャンパンはダスラという、普通は公式な舞踏会で出されることはないお酒だったのだそうだ。

ある薬草から作られるそのお酒は、普通のお酒よりもはるかに感情的、興奮状態になりやすいらしい。お酒を飲み慣れていない人は醜態を晒《さら》すことが普通なのだとか……。私が飲んでいたら終わっていた。

何故王城の舞踏会でそんなものが出されていたのかは捜査中だけれど、王城の管理不行き届きであることは間違いない。

またアルバート様の怪我が思ったより軽かったこと、私もアルバート様も厳罰は求めていないこともあり、双方の侯爵家からかなりの金額の謝罪金が払われることでこの騒動は幕を引いた。

あとは王家の方からも、捜査が済み次第謝罪やら何やらがあるのだそうだ。

そして……なぜか、関与していないルラヴィ様も一週間ほど謹慎となった。どうして。

アッシュフィールド公爵は当然猛抗議したようだけれど、ルラヴィ様が見せた態度も侯爵令嬢たちが私に悪感情を持つ要因の一つだったと言われ、謹慎を受け入れたそうだ。

疑問が残る事件ではあったけれど、最終的に重すぎる罰を受ける人がいなくて良かったとホッとする。先に言いがかりをつけられたとはいえ、私が挑発したのが原因なのでね……。

アルバート様の傷も良くなってきた。お医者さまの見立てでは傷痕も残らないそうで、それが一番何よりだと思う。

というわけで、ようやく色々が終わった私はアルバート様の感覚を取り戻すべく奮闘していた。

マフィンを始めとするお菓子作りはあれからも数回したけれど、どれも私が楽しんだだけで終わっているので、今は食事の次に大事な睡眠とリラックスの方面から攻めている。

のだけれど。

「旦那様。これは超適温、熱めのホットタオルです。目に当てればほら……！　どうです？　どうともない……」

「ならばこれはどうでしょう！　ゴドウィン直伝の象も眠りそうなヘッドマッサージで……なっ、真顔……⁉」

「ではこの温かいひだまりの場所で、ソファに横たわって厚手のブランケットをかけられるのはいかがでしょう。その状態でこの難しい数学の本を読んでください。……うわ、普通に読んでる……」

……とまあ、こんな感じで惨敗している。

私だったらどれもこれも秒で眠りに落ちるというのに、アルバート様ったら間違ってＡＩか何かに進化を遂げちゃったのかなと不安になってしまうほどだ。

私は自室で一人ソファに座り、次はどうしようかと悩んでいた。

「うーん、綺麗《きれい》なもの眺め？　いや、毎日自分の顔見てても何ともないし……。良い匂い責め？　香水やお香は好き嫌いあるし……カレー粉があるなら厨房でカレー作れたんだけどなあ。一度食育に立ち戻って野菜でも作る……？」

……すごく楽しそう！

考えたら俄然《がぜん》やる気になってきた。庭園の一角を畑にし、自分で鍬《くわ》を持ち、畑を耕すのだ。アルバート様の運動にもなるし、私にとっては農業の勉強にもなる。なんといってもアルバート様が普通の感覚を取り戻したらこの結婚は解消するのだ。どんなことだって勉強して、何かに役立てないと！

そう。感覚を取り戻したら、私は彼と離婚するつもりだった。

だって普通の感性の持ち主だったら、どう考えても楚々《そそ》と笑う奥ゆかしい美女を妻にしたいと考えるだろう。

王城の舞踏会にはそういう女性たちがたくさんいた。清純派から妖艶派、才媛から芸術家まで多種多様な美女たちが。

今のアルバート様に彼女たちの魅力は分からないかもしれないけれど、感受性を取り戻した暁には「女性とはこんなに素敵な生き物だったのか……！」と開眼するに違いない。

そうなったら、きっとあっという間に好きな女性が見つかるだろう。

その時に私がいたら……まあ全力で祝福して良い笑顔で離婚するけど、もしも略奪愛なんて噂《うわさ》されたら相手の女性が可哀想だもの。

ちょっと寂しいけれど、私の方も白い結婚を主張して未婚同然で家に戻り、一途でちょっと不器用な好青年と大恋愛の末に結婚する予定なので問題無し！

公爵閣下が結んだ結婚ではあるけれど、元々閣下は『息子にも運命の人と結ばれてほしい』と願っていたのだ。問題ないどころか全方位が万々歳な、この上ないハッピーエンドになると思う。

そのためには、やっぱり早くアルバート様の情緒を取り戻さないと……！

気合を入れ直して家庭菜園計画を練ろうとすると、ドアがコンコンとノックされる。どうぞと促すとパメラが静かに入ってきて、思わぬ来客の名前を告げた。


「お久しぶりです、ルラヴィ様」

「……お久しぶりです、ヴィオラ様。急な訪問で申し訳ありません」

「いいえ、大丈夫ですが」

どうしたのだろうか。ルラヴィ様の瞳には敵意はなく、ただただ気まずいような微妙な表情をなさっている。

「あの、本日旦那様は朝から王城に行ってまして……」

「知っていますわ。先ほど王城で会いました」

「そうなんですか？」

では、どうして私に会いにきたのだろう。首を傾げると、ルラヴィ様は少し覚悟を決めたような顔をして「今日はあなたに、謝罪をしに参りました」と言った。

「……私の友人が、あなたに酷いことを申し上げ、手をあげたこと。本当に申し訳ありません」

そう言って頭を下げるルラヴィ様に、私は仰天してしどろもどろに「え、いやそんな、ルラヴィ様が謝ることでは……」と言った。

「いいえ。友人がしたことは許されませんが、一番悪いのは私ですわ」

「えっと……」

「今日はその謝罪と、それから、重ねて今までの非礼をお詫《わ》び致します」

ルラヴィ様の謝罪に驚いたけれど、少し救われたような気持ちになった。

仕方ないよなあと思ってはいたものの、敵意を向けられるとやっぱりそれなりには悲しかったのだ。

「……ありがとうございます」

「あなたがお礼を言うようなことではありません。……話はそれだけです」

ルラヴィ様も、肩の荷が下りたようなホッとした顔をする。

その時扉をノックする音がして、パメラが紅茶を持ってやってきた。

「私はもう帰りますので、お茶は結構ですわ」

そう言って立ち上がりかけた彼女に「ルラヴィ様の好物を用意しましたので、良ければ召し上がってください」と声をかけた。

「昨日アルバート様が作ったかぼちゃのマフィンです。ルラヴィ様が、以前お好きだったと聞いて」

「……今、アルバートが作った、と仰ったの？」

「はい」

驚愕《きょうがく》して目を見開くルラヴィ様に、確かに驚くよなあ、と思う。貴族の男性が厨房に入るなんて、それもお菓子を作るなんて聞いたことがないし、それがアルバート様なら尚更だ。

言ってよかったのかな、とちょっとだけ思いつつ。

だけどきっと、好きな人の作ったものは食べたいのが恋というもの。案の定ルラヴィ様は立ち上がるのを止め、差し出されたかぼちゃのマフィンをまじまじと見た。

「……………そう、なの。アルバートは、私の好物を覚えていたのね」

「あ、いえ、ルラヴィ様の好物は先日殿下に教えて頂いて……」

懐かしそうに目を細めるルラヴィ様に私がそう言うと、ルラヴィ様がピクリと頬を動かし「殿下が？」とほんの少し硬い声で言った。

「……そういえば舞踏会で、三人でお茶を飲んだと仰っていたわね」

「あ、はい。恥ずかしながら私はダンスが不得意でして……。教えて頂けないか尋ねたところ、屋敷に来て頂きました」

「……そう」

「……あ！　といっても殿下は旦那様と踊られていましたので、私はハーマン……執事にだけ教えてもらったんですが。殿下とも旦那様とも踊っておりません」

アルバート様とはその後一ヵ月くらいは練習したけれど、流石にそれを口に出してはいけないことはいくら私でもわかる。

そしてこの国の王太子殿下を、自分のために呼びつけたわけではないことを強調する。不敬と言われたらその通りだとひれ伏すしかないからだ。いや教えて欲しいと言う時点で不敬かもしれないけれど……。

私の言葉にルラヴィ様は「そう」と素っ気なく言い、優雅な仕草で紅茶を一口飲んだ。私の付け焼き刃とは全然違う、本物の淑女である。

公爵家の教育……大変なんだろうな。

アルバート様の重圧の要因がわかるかもと、私は咄嗟《とっさ》に口を開いた。

「ルラヴィ様は、小さい頃から高位貴族としての教育を受けてこられたんですよね」

「ええ」

ルラヴィ様が当然でしょうという風に、訝《いぶか》しげな視線を私に向ける。

「どんな教育をされるんですか？　どんなことが大変なんでしょう」

「きっとあなたと同じよ。主要な語学、男性に勝てない程度の教養。美の磨き方。大変なことは……全てを諦めなきゃいけないことかしら」

予想外の言葉に戸惑った。私が受けた教育とは随分毛色が違うし、何よりも全てを諦めなきゃいけないと、少なくとも私は思ったことがなかったから。

その私の表情を見て悟ったのだろう、ルラヴィ様が「良いご両親に育てられたのね」と静かに言った。

「それならご両親は……心配なさったでしょう。舞踏会の後、遠方に住むグレンヴィル伯爵がすごい速さで王城に来たとは聞いていたけれど」

そうなのだ。あの舞踏会のあとすぐに公爵家からグレンヴィル伯爵家に手紙を出したところ、グレンヴィル伯爵家の屋敷は王都まで二日はかかる遠方にあるにもかかわらず、お父様は二日かからずにやってきた。着の身着のまま、髪も服もボサボサボロボロ状態で。

「……心配していたよ」

怪我一つなくピンピンしている私の頭にそっと手を乗せ、お父様は静かにそう言った。

そんなお父様は、横にいたアルバート様へ私を助けてくれたことへの礼を淡々と言い、身だしなみを整えるとアルバート様と一緒に王城へと行ってしまった。そこで色々と説明を受け、親子の会話をする間も無くトンボ帰りとなった。

「父様と母様はお前を信頼している」

発つ直前、いつも寡黙なお父様が真剣な顔をしてそう言った。

「だからお前が何も言わない間は見守る。そうじゃない時は人に……私たちに頼れる子だと、信じているから」

それからアルバート様にさっと目を向けて「アルバート様。お約束をどうか、お忘れなく」と一言言い、そのまま馬に乗って帰ってしまった。

……そう言えば、アルバート様との約束って何だったのかしら。あの後聞いたけれど、アルバート様にはうまくはぐらかされてしまった。

まあとにかく、そういう両親だから私は何かを諦めろと教えられたことはない。何事も諦めない心が望ましいとされる中で、何事も諦めていけないなんて教育は私には異質に思える。

……だから我が家はパッとしないのかもしれないな。上に立つ人はきっと色んなものを犠牲にしてるのだ。

公爵家という貴族の頂点の隠し事に少し触れたような気がして、私はちょっと神妙な気持ちになってしまった。

「……ちなみにそんな素敵なご両親なのに、私のことは相談しなかったの？　ご両親じゃなくても、そうね……公爵夫人や、周りの方には」

そう目を伏せるルラヴィ様に、私は首を横に振った。

「相談、は特に……。あ、髪結師のゴドウィン・ラブリーという友人にはバレていましたけど」

「ああ……。あなた、確か仲が良いのよね。あなたが結婚してから、彼はあちこちであなたの良い評判をさりげなく広めていたわ」

ゴドウィーン！

王都に来てからというもの、ゴドウィンの好感度は上がる一方で下がることを知らない。もしもゴドウィンが地獄に落ちた時は、私が一生懸命蜘蛛《くも》を探して糸を垂らしてあげようと思う。百本くらい。

「……でも、そうなのね。馬鹿馬鹿しいことをしたわ、私ったら」

「……ルラヴィ様？」

自嘲気味に笑うルラヴィ様に私が首を傾げると、彼女は少しだけため息を吐いた。

「……もう帰るわ。そのマフィン、持って帰ってもいいかしら」

「あ！　はい、どうぞ」

パメラに持って帰れるよう包むようにお願いをする。恭《うやうや》しく頭を下げたパメラに目を向けて、ルラヴィ様はちょっと迷ったように声をかけた。

「パメラ。……デボラは元気なの？」

ルラヴィ様の言葉に、パメラの肩がピクリと跳ねる。

「……はい。変わらず父と共に南の地で静養しております」

「そうなの。……元気で良かったわ」

パメラが頭を下げて、マフィンを包むために部屋を出る。私の表情を見て、デボラさんなる人物が誰だかわかっていないことに気づいたルラヴィ様が眉を上げた。

「……侍女長の名前を知らないの？」

「えっ、侍女長⁉」

「パメラのお母様よ。昔……ひどいお怪我をなさってからずっと静養中だけれど、まだ侍女長として名前だけは在籍しているはず」

「そうだったんですか……⁉」

侍女長はパメラだと思っていた。侍女の誰もがパメラに指示を仰ぎ、テキパキと動いているから。でも確かに、侍女長と紹介されたことはなかった。

「アルバートの乳母も兼任していたの」

ちょっと心配そうな顔をしながらルラヴィ様が言った。

「次期公爵夫人なら使用人の出自や人物像を見るためにも、紹介状などにも全てきちんと目を通した方が良いわ。使用人を扱うのは、女主人の大切な役割なのだから」

ぐうの音《ね》も出ない。

早速この後ハーマンに紹介状なんかを持ってきてもらうようお願いしよう……。

そうしているうちにパメラが戻ってきて、ルラヴィ様と共に屋敷の外へ出る。

もう少しでアルバート様が帰ってくると思うから待たれては、と言った私に、ルラヴィ様は首を横に振った。

「アルバートのことは、もういいの」

「……もういい？」

「ええ。さすがに人を巻き込んだことは反省したし……もう……無駄な努力はやめるわ」

「えっ」

戸惑う私に、ルラヴィ様は綺麗に微笑んで馬車に乗り込んだ。

「……アルバートと、どうかお幸せにね」

いずれ離婚すると告げようか。いやでも、理由はなんて説明しよう。グルグルと悩んでいる私にルラヴィ様はそう言い残し、返事をする間も無く馬車は走り去っていく。

それを見送りながら私は、もう一度「えっ……」と呟《つぶや》いた。


女心は秋の空。

ルラヴィ様と入れ替わりで帰ってきたアルバート様を見て、私は心の中で十字を切った。

「……なんだ」

「いえ……旦那様。世の中には星の数ほど女性がいますからね」

ルラヴィ様がアルバート様を諦めたのは、多分私のせいでもある。普通に後ろめたい。

脈絡なく慰め始めた私を、アルバート様は奇怪な生き物を見るような目で見た。

……お気の毒だ。

逃した魚は大きくて、釣った魚（私）が小さすぎる男、アルバート様。

私がアルバート様なら情緒を取り戻した瞬間悔しすぎて打ちひしがれると思う。

知らない間に国一番の美女に振られたアルバート様に優しい顔を向ける。

彼は、何を言っているんだこいつは、というような嫌そうな顔をしていた。

「……何を言っているのかさっぱりわからないが」

「世の中には素敵な女性がたくさんいるということです。今後情緒を取り戻した暁には、あの時大事にしておけばよかったー！　と後悔なさる日が来るかもしれませんけど、きっと他にも大事にしたい女性ができると思います！」

「…………」

何かを察したのか、アルバート様の表情がいつもよりも冷ややかだ。

「…………私には大切にしたい女性などいないし、これから先も作る気はない」

「大切にしたい女性は作るものではなく、いつの間にか大切にしているものですよ」

我ながら良いことを言った。少々得意気にアルバート様を見ると、彼は珍しくムキになって口を開いた。

「だから私は、君を大切にしたいとは……」

「え？　あ、はい。もちろん私じゃなく……。あれ、いや、私って大切にされてる……？」

「していない！」

アルバート様の否定は無視するとして。思わず首を傾げる。

思い返せば最近は食育と称したマフィン作りも「…………」という顔をしつつ手際よく私の好きな紅茶のマフィンを中心に作ってくれているし、私が間違って執務中に乱入した時も「…………」となりながら、ちょうど終わったところだったと明らかな嘘《うそ》を吐きながら私に付き合ってくれている。

何より先日はシャンパングラスから守ってくれた。

身を挺《てい》して庇《かば》ってもらったのに、大切にされてないと言うのは逆に失礼じゃないだろうか……？

いや、でも本人「大切にしていない」と意味わからないくらいムキになってるな……。反抗期かしら……。

……まあここは、やや心を開いてくれているということで！

どちらにせよ私の言う大切にしたい女性、とはニュアンスが百八十度違うのだ。

そのお相手はいずれ見つかるとして、まずは人間に心を開きかけてくれているだけでもアルバート様にとってはかなりの大進歩じゃないだろうか。

最近は『眉を顰《ひそ》める』『驚愕する』以外の表情も結構出てきたし、これは私の情緒復活に向けての作戦がかなり効いている証拠だと思う。

「よし。ならば気合を入れて今日もたっぷり情緒を磨いていきましょう！　……といっても今日は寒いのでやる気が出ませんね……」

もう秋は終わり、冬といって差し支えない。

今にも雪が降り出しそうな曇天を見上げ、世界一寒いのが苦手な私は、今日は早々にぐうたらすることに決めた。

「はい、あつあつのレモネードです。寒い日、真っ昼間からブランケットにくるまり、こうしてぬくぬくと飲むレモネード……最高ですよね」

私とアルバート様は、一番日当たりの良い部屋――といっても今日は曇り空なのでさっぱり日が入らない――私の部屋のソファでそれぞれブランケットをかけ、熱いカップを手にしていた。

レモンの爽やかな香りが、部屋の中いっぱいに広がる。

「……風邪予防になりそうだ」

「そうなんです！　この世で一番大事なものは健康ですからね。健康じゃないと、編み物一つ楽しむのも気力が必要ですから……」

といっても前世の私は、今世と同じで不器用だった。なのでたとえ健康でも編み物は楽しめなかったような気もする。

そんな私に、アルバート様は不思議そうな顔をした。

「……まるで大病をしたことがあるような物言いだな」

「えーと……実は、昔はよく風邪をひく子だったような……」

「そうだったのか」

意外そうに目を丸くするアルバート様に、「子どもの頃の話です」と誤魔化した。

「ま、まあ、そんなことは良いではありませんか。さあ、ぐうたらしましょう」

そう言って、私はソファにもたれかかり、手近にあった小説を手にとった。

さあ、アルバート様は本を読むのかぼうっとするのか……と目を向けると、彼はどこから取り出したのか仕事の書類を手に持っている。この男、ぐうたらの意味を知らないのだろうか。

「旦那様。今はお休みしましょう？　急ぎではないんですよね」

「……昼間から休むのは抵抗がある」

「？　みんながお休みの日まで働いてるじゃありませんか。今日はその分休んじゃいましょうよ」

私が思うに、アルバート様は働きすぎだ。いつも人が休む日まで働いている。

最初は公爵家大変すぎる……と思っていたけれど、急ぎではない仕事やハーマンに任せてもいいような仕事までお一人でなさっていると聞いて、それも感覚を失うストレスの一因なのではないかなあ……とも思い始めてきたのだ。

「休んで気分転換したら、お仕事も捗りますよ」

「そうは言うが、私が昼間から休むわけにはいかない」

「何故ですか？」

びっくりして聞き返すと、アルバート様は反射的、といった風に口を開いた。

「休むなど、私がそんな堕落した振る舞いをすればより魂が汚れて……」

「魂が汚れるって……」

ハッとしたように口をつぐむアルバート様に、厨二病だ……と一瞬思いかけたけれど、先程のルラヴィ様の発言がふっと浮かんだ。

『全てを諦めなきゃいけないことかしら』

アルバート様の顔を見ると、何も触れてほしくなさそうな硬い顔をなさっている。

何も聞けず、私は何でもない風を装って微笑んだ。

「………そんなことを言わずに、ほら、どうぞお休みください。何なら私の膝をお貸ししましょうか？」

「なっ……！」

「お嫌でしたら、一緒に休憩しましょう。ほら、これおすすめです」

狼狽《ろうばい》するアルバート様に適当に数冊の本を渡す。

暖かなブランケットについ眠気を感じつつ、私はのんびりと本のページをめくった。

◇◇◇

ヴィオラと並んで本を読む、五時間ほど前。

「アルバート」

エセルバートに呼び出されて謁見の間へ向かう途中、後ろから声をかけられた。

振り向くとそこにいたのは、昨日まで謹慎を命じられていたルラヴィだ。

いつもであれば、いかにも恋に浮かされたような熱のある瞳をこちらに向ける彼女だが、今は友情以外の感情が全く感じられない瞳で、アルバートをまっすぐに見つめている。

「ようやく、演技はやめたのか」

アルバートがそう言えば、ルラヴィは素っ気ない口調で「ええ」と頷いた。

「何の成果も挙げられないのにこうして人を巻き込んで、ようやく目が覚めたわ。……ヴィオラ様は、お元気かしら」

淡々と言うルラヴィだが、ヴィオラの名前を口にする時は少しだけ申し訳なさそうに目を伏せた。

「元気だ」

元気すぎるほどだった。

毎日何度も瞳を輝かせてアルバートの元へ来ては思いつきを実践し、うまくいったわけでもないのにどこか満足気な顔をして帰っていく。

「そう。……よかったわ。そして何より、怪我をさせて本当にごめんなさい。具合はどう？」

「問題ない。……それに、私が怪我をしたのはルラヴィのせいではない」

「……いいえ、私のせいよ。だってマリーナとアンナは……彼女たちは、本来誰かを傷つけるような子じゃないもの」

一瞬悔しそうに唇を噛《か》んだルラヴィが、振り切るようにため息を吐き「そういえば」と明るい声を出した。

「そんな人じゃない、と言えばあなたもよ」

何がだ、と視線で問いかけると「あの事件の時よ」とルラヴィが言った。

「まさかあなたがあの場でヴィオラ様を庇うとは思わなかったわ。あなただったら、マリーナの腕を摑《つか》んで止めるくらいできたでしょう？　だけどそんな余裕もなく必死でヴィオラ様を守ろうと、強く抱きしめて。今までだったら、何があっても絶対にそんなことはしなかった筈《はず》よ」

「………………」

思い切り眉を顰めて黙ったままのアルバートに、ルラヴィが心なしか嬉《うれ》しそうに微笑む。

「ずいぶん大切なのね、彼女のことが」

「馬鹿げたことを」

ルラヴィの世迷言をにべもなく切り捨てる。

「知っているだろう。私は生涯そんな気持ちは持たない。特に彼女にだけは、絶対に」

「ふうん。……まあ、そういうことにしておきましょう」

顔をこわばらせたアルバートに、ルラヴィが「じゃあ、私はもう行くわ」と肩を竦《すく》めた。

「勝手に体が動いた時点で……。いいえ、彼女にだけはと限定している時点で、それはもう大切と言っているのと同義だと私は思うけれど」

言うだけ言って去っていくルラヴィが、フィールディング公爵邸に向かっていることなんて知る由もなく。

「……有り得ないだろう。馬鹿げている」

そう呟くアルバートは、ルラヴィの言葉を振り切るように首を振り、足早に謁見の間へと向かった。


――こちらも、馬鹿馬鹿しい勘違いをしていそうだ。

呼び出されて謁見の間に訪れたアルバートは、ニヤニヤとした笑みを浮かべるエセルバートに迎えられて思わずため息を吐いた。

「なんだなんだアルバート。妻と離れて寂しいとでも？　随分と仲が良いことだ」

「……くだらない話をするために呼ばれたのならば、今すぐ帰らせて頂きたいのですが」

淡々とそう言うと、エセルバートは「はっはっは。これはお熱い」と高らかに笑った。

何を言っても無駄だ。この話題に飽きるまで流そう。そう思いながら冷ややかな視線を向けると、エセルバートは全く気にせず「いやはや独り身には惚気《のろけ》が堪えるな」としつこく続けた。

「聞くところによると、ヴィオラ夫人はお前に感覚がないことを知り奮闘しているそうじゃないか。私もそれを聞いたとき、あまりのロマンスについ頰を押さえてしまった」

「表向きは使用人でさえ知らないことを、よくご存知ですね」

「私は王だからな」

「違うでしょう」

悪びれず不敬なことを言うエセルバートに思わず突っ込むと、エセルバートはふん、と皮肉げに鼻を鳴らして笑顔で毒を吐いた。

「あんな貴族に操られるだけの耄碌《もうろく》した日和見ジジイなど、もはや冠を被った傀儡《かいらい》だ」

「……ダスラの酒の件ですね」

「ああ」

あの舞踏会で、本来供されるはずのないダスラの酒が何故紛れていたのか、捜査はなかなか進まなかった。

仕入れ業者や料理人等々の事情聴取はすぐに終わったのだが、一番疑わしい給仕の事情聴取が難航した。

高位貴族や王族の前に顔を見せ、飲食の世話をする給仕。

彼らは公爵家や侯爵家で経験を積み、王城で働くに相応しい人物と推薦された者ばかりで、その殆《ほとん》どが貴族の血を引いている。

貴族への事情聴取を含めた捜査は、手続きが煩雑だ。

それでも数人や十数人であれば、問題はなかっただろう。ただ今回関わった給仕は数十人。一人一人の手続きに時間がかかり、また聴取もそれなりの身分の者が行わなければならず、その人選にもまた時間がかかった。

そして昨日、捜査途中にもかかわらず、国王から捜査終了が命じられた。

被害者であるフィールディング公爵家から、令嬢二人の謹慎と謝罪金で手打ちにした以上、負担が大きい捜査は不要と申し出があったからだ。

他の高位貴族も、フィールディング公爵家がそう言うのならとその意見に賛同した。

加害者側である二つの侯爵家は躊躇《ちゅうちょ》したようだが、所詮ダスラの酒の詳細がわかっても令嬢の罪は変わらない。長引かせる方が悪手だと判断し、賛同した。

王家としては管理責任を有耶無耶《うやむや》にできる、願ってもない提案である。即座に捜査を終了させた。

「さすがフィールディング公爵というべきか。病床に臥《ふ》しても、こういった判断力は衰えていない」

今フィールディング公爵家の仕事を行っているのはアルバートだが、実権は父にある。今回謝罪金を受け取り、王家に恩を売る道を選んだのは父だった。

「……父の真意は他にあるでしょう」

「そうだろうな。公爵の頭の中は、いまだにお前の母でいっぱいなんだろう」

淡々と言うエセルバートは「まあそんなことよりも、今一番私が気がかりなのはお前とヴィオラ夫人のことだ」と急に真面目な顔でアルバートに向き直った。

「本当のところはどうなんだ。お前にとって、彼女はどんな存在だ?」

「どんな存在でもありません」

間を置かずに返された返事に、エセルバートは「そうなのか……？」と疑わしいものを見るような目でアルバートを見た。

「アルバート。ヴィオラ夫人がもしもお前の前からいなくなった時のことを想像してみてくれ。どうだ？」

「別にどうとも……元より父が亡くなったら、離縁するつもりです」

ヴィオラの顔が急に浮かび、少し声音が硬くなった。しかしそれには気づかなかったようで、エセルバートは「そうなのか……」とややショックを受けた顔をした。

「ルラヴィの勘は当たるんだがな……」

「……当たるわけがないでしょう。あんな意味のない演技を、何年も続けていたんですから」

「意味がないかどうかはまだわからんさ」

そう言うエセルバートは、「それと同時にお前が、今からヴィオラ夫人を手放したくなくなる可能性もゼロじゃない。勿論《もちろん》、至極真っ当な独占欲として」

「有り得ませんね」

そう言いながら、また浮かんできたのは『旦那様！』と晴れやかな笑顔を見せるヴィオラの顔だった。

あの少女に、どうして自分が特別な思いを抱くことができるだろうか。

「有り得ません。――話が以上なら、今日はこれで失礼します」

そう言って、礼をして部屋を出る。

「それならそれで……私としては、気が楽なんだがな」

扉の閉まる刹那、アルバートの背に向かってそう呟くエセルバートの声は、アルバートには届かなかった。

そして王城から戻ったあと。

アルバートは今、ヴィオラの部屋でブランケットにくるまって本などを読んでいる。

昼間から働きも勉強もせず、ただ本を読むことなど初めてだった。

しかしその本の内容などちっとも頭に入らないまま――、アルバートは、いつの間にか自身の膝で眠っている妻に目を落とす。

本を読んでいたはずのヴィオラは、ほんの十分、二十分ほどで船を漕《こ》ぎ出した。

かっくん、かっくん、と動く頭がアルバートの肩に乗ったかと思うと、そのままずるずるとずり落ちて、最終的にはアルバートの膝の上で落ち着いてしまったのだ。

疲れていたのかもしれない。三度の食事の次に二度寝が好きだと言っていた彼女は、最近アルバートに付き合って早起きをしていたようだったから。

(……私のために、そんなことをしなくても良いのに)

安らかに眠るヴィオラの耳に届かないよう、静かに重い息を吐いた。

やはりどんなことがあっても、妻を迎えるべきではなかった。

ヴィオラがこの屋敷に嫁いできてから、何度そう後悔したかわからない。

彼女は、アルバートの予想を裏切り続ける人だった。

新婚の慣例を無視し、別邸から帰った日。自分と結婚したことを彼女は嘆いているだろうと思いながら帰宅したところ、彼女は庭師と談笑しながら、一生懸命に土に花の苗を植えていた。からりと乾いた、夏の日差しのように晴れやかな笑顔で。

そうして庭師と話していたのは、おそらく自分の幼少時代の話だ。思わず「何をしている」と強い口調で問い詰めると、彼女は何も気にした様子もなく、飄々《ひょうひょう》とアルバートをいなした。

それからも彼女は、アルバートの度肝を抜き続けた。

庭や屋敷ががらりと変わった。贈り物です、と渡されたのは今まで見たことがないような奇妙なデザインの物だった。

毎日心から幸せそうな顔で食事をしていた。不幸の元凶だろうアルバートに自分の好物を渡し、何の見返りも要求せずににっこり微笑んでアルバートを真っ直ぐに見た。

ルラヴィから嫌味を言われても困ったように微笑むだけで、人当たりは良いが内心は懐疑的なエセルバートを、あっさり心から笑わせた。

自分が落ち込んでいるにもかかわらず、寒いだろうと自分のマフラーをアルバートの首に巻いた。

あんなに楽しみにしていた舞踏会では、アルバートのために嫌味を言われて、彼女は唇を噛んで俯《うつむ》いていた。事件が起こり、努力が無駄になったにもかかわらず、彼女はただただアルバートのことを心配していた。

それらは、全てアルバートが原因だったのに。

なのに今、彼女はお人好しにもあれをしよう、これをしようと毎日アルバートの元へやってくる。チャレンジ自体が楽しいとでも伝えるように、屈託のない笑顔を向けながら。

こんな彼女を自分がどうして、大切だと思えるだろう。

いつの間にかそろそろ彼女がくる時間だと、時計を見ては待っている自分に嫌気がさしている。

『ヴィオラ夫人がもしもお前の前からいなくなった時のことを想像してみてくれ。どうだ？』

エセルバートに言われなくとも、アルバートは毎日のようにヴィオラがいつか離れていくことを考えていたし、それを望んでいた。

彼女は自分のそばにいてはいけない人だと、もう随分前から思っていた。

『旦那様！』

彼女の冬の曇り空のような瞳を目にするたびに、アルバートは何故か幼い頃を思い出す。

かつて飽きもせずに自分にじゃれついてきた犬に似ているからだろうか。屈託のない笑顔が、満開の薔薇《ばら》に似ているからだろうか。

関わるつもりがなかったのに思わず受け入れてしまうのは、きっとそのせいなのだろう。

（……ああ、そうか。彼女はどこか似ているのか）

かつて自分が失くしたものたちに。

誰もが可愛がっていた、金色の毛並みの大きな犬。自分を見る乳母の眼差しや、頭を撫《な》でる母親の優しい手。紅茶のマフィンに、薔薇の生垣。

とうに失くし、忘れたものを、ヴィオラは何故か思い出させる。

もう一度ヴィオラに目を落とすと、彼女はすやすやと深い寝息を立てていた。

「……膝枕されているのは、君じゃないか」

さらりと頬にかかる茶色の髪をそっと指先で掬《すく》うと、くすぐったかったのか彼女は眠ったまま「ふふ」と笑い、またくうくうと寝息を立てる。

あまりにも平和そうに寝ているので、起こそうにも起こせない。

安心しきったその様子に思わずふっと頬を緩めかけて——こみ上げてくる感情に息が詰まった。

いつだって、光の下で笑っていてほしい人だと思った。

指先で掬った髪を離せないまま、アルバートはずっとその寝顔を見つめていた。

◇◇◇

春眠暁を覚えずとは言うけれど、実際は夏も秋も冬もお布団から離れがたい。

例に漏れず、私も朝はいつだってお布団の中にいたいほうだ。二度寝や朝寝坊を三度の飯の次に愛しているけれど、珍しいことに時刻は現在午前五時。私はギンギラギンに冴《さ》えた瞳で、右手にお玉、左手にお鍋を持ってアルバート様の寝室へと奇襲をかけにやってきた。

今日の作戦は、寝起きドッキリというやつである。

一時間ほど前の話だ。

ついさっきまで本を読んでいた筈なのに、私は何故か午前四時、自室のベッドで目を覚ました。

どうやらアルバート様と並んで本を読んでいるうちに寝落ちしてしまったらしい。ふかふかのソファに座り日差しを浴びた上で、ブランケットまでかけたらそりゃあ寝てしまう。

それにしても寝過ぎである。多分ハーマンあたりが運んでくれたんだと思うけれど、運ばれても起きなかった自分に軽く引く。

夕食を食べ損ねてお腹がペコペコだったので、何かこっそり頂こうか……とコソコソ厨房を覗《のぞ》くと、驚いたことに既にマッシュを始めとする料理人がちらほら出勤していた。

そこでマッシュの作った即席超美味賄い飯でお腹を満たしながら、反省をする。こんな時間から働いている人がいるというのに、私は度を超えるお昼寝で時間を溶かしてしまっている……。

……よし。今日から意識を高く持って生きよう！

と、心を入れ替えた私が、せっかく早起きしたこの時間を有効に使わなければ、と知恵を巡らせて考えたのが、このおたまとお鍋でアルバート様を叩《たた》き起《お》こそう、という作戦だ。

寝ている時、人は誰しも無防備になる。無防備な時に大きな音を出されたら、普通人は驚くし怖いし、腹が立つ。

今までアルバート様には、美味しいとか気持ちが良いとかプラス方面から攻めてきたけれど、そろそろ趣向を変えてマイナス方面の感情を呼び起こしてもいいかも！　と思いついたのだ。

多分私がアルバート様より早くに起きることなど今日この時以外ないだろうし、一回くらいはやってみてもいいかもしれない。怒られたら速攻逃げよう。あとで祝おう。

というわけでアルバート様の部屋の扉を、こっそりと開けて侵入したはいいのだけれど。

眠っているアルバート様の姿を見て、いや正確には眠っているベッドの上を見て、私はちょっとだけ微妙な気持ちになった。

「気に入ってるんだ……」

ここは良かったと言うべきかしら……。

アルバート様が寝ている枕元に、私が贈ったクッションが置かれている。

久々に見たけど、改めて見ても恥ずかしい。ベッドカバーが使われていないのが不幸中の幸いだ。あれをかけてすやすや眠っているアルバート様を見たら、どう頑張っても爆笑する自信がある。

自分が贈ったことを棚にあげてそんなことを思いながら、私は眠っているアルバート様の顔を見た。

思わず見惚《みと》れるほど綺麗な顔だ。

銀色のまつげは長く、薄い唇は形が良い。すっと通った鼻筋や頬のラインの美しさが、俺の顔のつくりは黄金比だが？　と訴えている。

多少眉根を寄せてはいるけれど、常に雰囲気だけは近寄り難いアルバート様のお顔が、いつもよりも幼く無防備に見える。

その顔を見ているうち、私は（こんな寝起きドッキリを仕掛けて良いのだろうか……人として……）と冷静になった。

休むことも大切ですよ、と説きつつ自分だけ熟睡し、翌日の早朝五時に夫をドラム音で叩き起こす妻。矛盾がすぎる。

いやでも、ここは心を鬼にしてドッキリを……？　と葛藤しているうちに、アルバート様が苦しそうなうめき声をあげた。


「……う、っ……て」

「！」

「……な……」

額に汗を滲《にじ》ませ、苦悶《くもん》に満ちた表情を浮かべたアルバート様に驚いて、思わずおたまと鍋を打ち鳴らしてしまった。

「……ッ⁉」

けたたましい音が響き、アルバート様がバッと飛び起きる。

「お、おはようございます……？」

驚いた顔のアルバート様に、やってしまった、と内心で焦りながら私はへヘッと挨拶をした。アルバート様は何が何だかわからないような顔で、私が手に持ったフライパンとおたまを見ている。

「……一体、何を」

「これは、あの……寝ている時にうるさい音を立てたらびっくりして怖がったり怒ったりするかなあと思いまして……」

「…………………そうか」

アルバート様が心なしか脱力する。

そうかで済ませてくれるんだ……優しすぎる……と心の中で手を合わせて拝んでいると、アルバート様が小さく口を開き、ぽつりと呟いた。

「……起こしてもらえて、助かった」

「え……」

「そろそろ目覚める時間だった。丁度いい」

そう言ってアルバート様が額に滲んだ汗を拭い、無表情に立ち上がる。

そして一瞬困ったように私を見て、言いにくそうに口を開いた。

「……着替えたいんだが」

「！　出ます!!」

私は慌てて部屋を出て、やっぱり寝起きドッキリは人としてダメだったな……と反省しながら、自分の部屋へと戻ったのだった。

早起きをすると一日が長い。

体感的にはそろそろ夕方だというのに、お日様はまだまだ真上だ。

「つまり……まだまだ遊ぶ時間があるんですよ！」

「遊ぶ時間」

「そうです。これが終わったら、私と一緒に本気のカードゲームでもしましょう！」

私とアルバート様は庭で摘んだビオラのお花を屋敷中に飾りながら、今日今から何をするかのお話で盛り上がっていた。勿論盛り上がっているのは私だけだけど。

「敗者は今日のおやつを勝者に渡さなければなりません。ちなみに今日のおやつは、生クリームがたっぷり入ったシュークリームだそうですよ……！」

「別に、私が勝っても譲るが」

「それじゃ勝負の意味がないじゃないですか！　でもありがとうございます！」

今朝狼藉《ろうぜき》を働いた私にアルバート様は優しい。あの後勝手に部屋に入って起こしてごめんなさい、と謝ったところ、彼はさして気にした様子もなく「構わない」と素っ気なくも優しく許してくれた。実は神かもしれない。

「じゃあ最後にお花を旦那様のお部屋に飾って、私のお部屋でゲームしましょう？　この間、旦那様が好きそうな絵のカードを買って――」

「アルバート様！」

珍しくハーマンが、動揺した面持ちでやってきた。

「どうした」

アルバート様も驚いた顔で問いかけると、「ヘレナ様がいらっしゃいました」とハーマンが言い、アルバート様のお顔が強張った。

ヘレナって……アルバート様のお母様のお名前じゃなかったっけ……。

「突然やってきてごめんなさいね」

私が驚いていると、ハーマンの後ろから気品が漂う女の人——アルバート様のお母様が、微笑みながらやってきた。

「こんにちは、ヴィオラさん」

明るい銀髪に、明るい青の瞳。アルバート様と似た色彩のアルバート様のお母様は、アルバート様と系統は違うけれどもとても綺麗な人だった。

慌てて礼をすると、アルバート様のお母様は目を細めて私を見たあと、笑顔で言った。

「ヴィオラさんのお噂は領地にまで届いていてよ。式の時は挨拶だけだったから……ずっとゆっくりお話ししたいと思っていたの。ようやく再会できて本当に嬉しいわ」

優雅に微笑むアルバート様のお母様——公爵夫人に、アルバート様が強張った表情のまま口を開いた。

「母上、何故こちらに……突然どうなさったのですか」

「あんな事件があったのだから、様子を見にくるのは当然でしょう」

公爵夫人は困ったように微笑みながら、「突然ごめんなさい。公爵様には内緒で出てきたから先触れを出す間もなくて」と私に言った。

「とんでもありません。遠いところからいらしてお疲れでしょうから、お茶を用意致しますね」

多少驚いたものの、突然誰かがやってくる展開に私は割と慣れている。なんせ急に突撃してきた王族をもてなした経験もあるもんね。

ハーマンにお茶の用意をお願いしようとすると、公爵夫人が「ありがとう」と礼を言ったあと、ハーマンに「お茶は二人分で良いわ」と言った。

なるほどなるほど、アルバート様と積もるお話もあるよね。そう思って頷くと、夫人はびっくりするようなことを言った。

「ヴィオラさんと二人で話してみたいと思っていたの。もしよかったら、一緒にお茶でもどうかしら」

「私とですか？」

びっくりして思わず素っ頓狂な声をあげると、アルバート様も硬い表情をさらに硬くさせ「彼女とですか？」と言った。

「母上。事件についてお聞きになりたいのでしょう。私が説明致しますので、私の部屋に……」

「まあアルバートったら、姑《しゅうとめ》から呼び出されたお嫁さんを心配しているの？ 朴念仁のあなたに大切な人ができたということかしら。確かに随分仲が良さそうに見えたけれど……」

「そんなことは有り得ません！」

公爵夫人に揶揄《からか》われて、さっと顔色を変えたアルバート様が珍しく声を荒らげる。

最近仲が良くなってきたと思っていた私は若干ショックを受けつつも、初めて見るアルバート様の姿に動揺した。

どうしたのかな。思春期か。ハラハラする私とアルバート様を交互に見て、公爵夫人がため息を吐いた。

「本人の前で、なんて失礼なことを。あなたが言うことが本当なら彼女と少しお話しをするくらい良いでしょう？　……ごめんなさいね、ヴィオラさん」

「い、いえ……」

「……失礼致しました。ではハーマン、母上におもてなしを。けして粗相のないように」

アルバート様が、昔のように無機質な表情でそう言う。

公爵夫人は困ったように優雅に微笑みながら、そんなアルバート様を観察するように見つめていた。


ハーマンが淹《い》れた紅茶の香りが、部屋いっぱいに広がる。

やはり公爵夫人が来て気合が入っているのだろうか。初めて見る銀の茶器で出された紅茶は嗅いだことのない芳しい香りで、苦味が強い。大人の味わいである。

私はせっせと紅茶にお砂糖を入れながら、アルバート様とそっくりの美しい所作で紅茶を飲む夫人を密かに見つめた。

ヘレナ・フィールディング様。元はコルベック侯爵家という建国当初から続く由緒正しい家柄の出である彼女は、我が国では珍しい銀髪をしている。

ある日出た夜会でアルバート様のお父様である公爵閣下に一目惚《ひとめぼ》れされ、その銀髪も青い瞳も素晴らしい、どうか結婚してくださいと、その場で熱烈に求婚されたのだそうだ。一目惚れしたその場でプロポーズとは、閣下はなかなかに猛者である。

二人は貴族としてはかなり珍しいスピード婚で結ばれ、貴族の間では珍しいおしどり夫婦になった。

当時財政難に陥っていたコルベック侯爵家に鉱山の所有権まで渡したというから、閣下はよほど夫人が大好きなのだろう。

色々と推測するに公爵様はかなりのヤンデレだと思うのだけど、内緒でここに来て大丈夫なのかしら……。そんなことを思いながら、私も精一杯優雅に紅茶に口をつける。

「アルバートが新婚の慣例を無視したと聞いたわ。屈辱だったでしょう」

「あ、いえ……全然気にしていませんので」

実際その間は楽しんでいたので……とは言えるはずもなく、私はにっこりと笑った。

「そう……あなたは心の広い素敵な方ね」

「そんなことは……」

全くないなあ……。

心が広かったら枕を投げつけたりはしないだろう。あの夜のことは絶対にバレませんように、と念じながら私はほほほ……と上品に笑った。

「だからかしら。さっきあの子はああ言ったけれど、あなたを気に入っていることは間違いないと思うの」

「そうでしょうか……？」

「ええ。さっきは驚いたわ。前よりも表情が明るくなって、あなたを見る目が優しかった。昔飼っていた犬に対するような目だったもの」

犬……。

確かにアルバート様が私を見る眼差しは名ばかりの妻に対する目というよりも、なんというか洗い立ての洗濯物の上で寝転ぶ泥だらけの駄目な犬を見つめる眼差しだ。

私がやや微妙な気持ちでいると、夫人が少しだけ声のトーンを落とし真剣な顔で口を開いた。

「だから、今日はあなたに忠告をしにきたの」

「え？」

「フィールディング公爵家の男は愛が重いと、聞いたことがないかしら」

「……はい、少しは」

「重いのよ、本当に」

何を言いたいのかわからずに私が戸惑っていると、公爵夫人は「フィールディング公爵家の男は、愛のためには何を踏《ふ》み躙《にじ》っても平気なの」と困ったように微笑みながら言った。

「実際に、親しくなる前のあの子はあなたを傷つけたでしょう？　きっと流れる血のせいで魂が汚れているのね。アルバートには気をつけた方が良いわ。今のところ誰かを傷つけたことはないけれど、その内きっと――」

「アルバート様はそんなことはなさいません」

思わず夫人の言葉を遮った私は首を横に振って、もう一度「そんな方じゃありません」と言った。

ものすごく悲しい気持ちだった。

前にアルバート様が発して驚いた『魂が汚れる』という言葉を、目の前のこの人が発したことで少し謎が解けた気がした。

そうだ。この人はアルバート様に、ただの一度も『怪我は大丈夫?』とすら聞かなかった。

「アルバート様は、優しい方です」

誰かを踏み躙るなんてとんでもなかった。

アルバート様は十四歳の頃からたった一人でこの屋敷で頑張ってきた。休むことも知らずにずっと真面目にお仕事をこなされてきた。

楽しいことも美味しいものも、心地が良いことも何もない毎日の中、ずっと一人で。ただ知らないだけかもしれないけれど、それならきっと知ろうともしていないのだと思う。

そんな人にアルバート様を侮辱する権利があって良い筈がない。

私の言葉に夫人は一瞬沈黙した後、「そう……」と小さな声で呟いた。

「……あなたはアルバートを、大切に思ってるのね」

夫人がそう呟き、私は頷いた。

夫人にとってはどうあっても。アルバート様は、私にとって充分大切にしたい存在だった。

「余計なことを言ってしまったみたいね」

一瞬の沈黙の後、夫人はたおやかに微笑みながら席を立った。

「……アルバートとも話をしたかったけれど、そろそろ公爵様が送った迎えが来たようだわ」

夫人の言う通り、聞きなれない男の人たちの声が、扉の外から聞こえて来た。

ハーマンが扉の前に近づき、私も釣られるように椅子から立ち上がった。

「ヴィオラさん。つい心配でお節介なことを言ってしまったけれど、アルバートをよろしくね」

夫人が微笑んで、手袋をつけたままの手を差し出す。一瞬躊躇《ため》らいつつも私が手を差し出すと、夫人がぎゅっと強く私の手を握った。

「……ッ、？」

「あら、ごめんなさい。思わず力が入ってしまって」

力強い握手にちくりと微かな痛みを感じたような気がしてちょっとだけ眉根を寄せると、夫人はパッと私から手を離す。

その時ちょうど扉が開き、見覚えのない騎士たちがアルバート様と共に部屋に入ってきて、夫人を見るなり低く鋭い声を出した。

「ヘレナ様！　……勝手に屋敷を抜け出されるとは」

リーダー格なのだろう。眼光鋭い強面の騎士が、怒り混じりの冷たい瞳で夫人を見る。

「大袈裟《おおげさ》ね」

ため息を吐く夫人に、強面の騎士はぎろりとした視線を送り「公爵様がお待ちです。すぐにお帰りを」と有無を言わさない口調で言った。

さっきまで夫人に対して悲しさや怒りでいっぱいだったのに、私は困惑しながら夫人や騎士やアルバート様を見た。

確かに公爵夫人が黙っていなくなったら、大事になるだろうけれど……それにしても騎士の反応はきつすぎやしないだろうか。

しかし夫人は慣れているのか騎士には特に反応せず、無表情のアルバート様に「あなたとお話ができなくて残念だわ」と微笑んだ。

そしてそのまま騎士に連れられて出て行く後ろ姿を、私は呆然《ぼうぜん》と見送った。

「内緒で来たと言っていたのに、ずいぶん早いお迎えでしたね……」

「母上が供も連れずに出かけるとしたらこの公爵邸以外にない。早馬で真っ直ぐこちらに向かったんだろう」

「そうなんですか……」

息子のところに行くとわかっているなら、そんなに急いで追いかけなくても良さそうなものなのに……。

そんなことを思っていると、強い視線を感じた。アルバート様が私の頭のてっぺんから足の爪先までを観察するようにじろじろと見ている。

「……何ですか、そんなにじろじろと」

「母上の前で、何か食べたり飲んだりしなかったか？」

「え？　ハーマンが淹れてくれた紅茶を飲みましたけど……」

若干苦かったのでお砂糖はたっぷり入れた。

私の言葉に、アルバート様は「そうか……」とそこはどうでもよさそうな返事をしながら、更に私を観察した。

「体調は？　少しでも何か異変はないか」

「ないですよ！　どちらかといえば、体調が悪いのは旦那様では？」

「私は問題ない」

そう言うアルバート様の顔色は悪い。夫人が来てから様子もおかしいいし、こんなに私の体調を気にするのもおかしい。

もしかして、何か精神的なもので具合が悪くなってしまった経験があるのかもしれないな。

そう思うと少し悲しい気持ちになって、私は努めて明るい声を出した。

「よかった、私も元気です！　それなら先ほど言っていたカードゲームをしましょう？」

「カードゲームか」

アルバート様がどこかホッとしたような表情で頷く。

そのまま二人で私の部屋に向かいながら、ちょっとだけ強張りがとけたアルバート様の表情に私も内心ホッとした。

カードゲームは、なんとなく予感していた通り私の惨敗だった。

多分頭の出来が違いすぎるのだろう、何度やっても惨敗の結果に終わる。ここはやはり、運で全てが決まるタイプのゲームにすべきだった。

「失礼します」

私がちょっとむくれていると、ローズマリーが恭しく紅茶とシュークリームを持って入ってきた。

粉砂糖がかかったクッキーシューは、もう存在自体が美味しい。

まずは紅茶を一口飲むと、いつも通りの良い香りが口の中に広がった。ローズマリーがいつも淹れてくれるこの紅茶はとても香りが良くて美味しくて、私の大のお気に入りだった。

そして待ちに待ったシュークリームを口に入れる。サクッとした生地に、なめらかな生クリーム。天上の味だ。

「十個食べたいです」

「十個」

「気分的には百個食べたいです。ああ、胃袋が無限に膨らめばなあ……」

「君は……いつも君だな」

噛み締めるように言う私に、アルバート様が気の抜けたような顔で至極当たり前のことを言った。

「安心した」

そう言って、アルバート様が目を細めてふっと笑った。

予想しなかった初めての表情に、私は目を見開いた。


アルバート様が、笑った。

「旦那様、今……！」

嬉しくて驚いて、思わず前のめりになった瞬間。

何か熱いものが胃からせり上がり、思わず口元を押さえた手を生温かいものが濡《ぬ》らした。

手が、真っ赤に染まっている。

驚いてアルバート様の顔を見ると、彼は信じられないものを見るような目でこちらを凝視し、弾かれたように立ち上がった。

息ができない。胃も喉も食道も、全てが焼けつくように熱い。

視界が真っ暗になって、ぐらりと体が揺れて、何かに抱きとめられたその瞬間。

「ヴィオラ！」と、アルバート様の、私の名前を呼ぶ声が聞こえた。

痛くて、熱くて、苦しい。

もしかして今までのことは全部夢で、私はまだあの病室のベッドの上にいるんだろうか。

「ヴィオラ……」

そう思っていた時、アルバート様の声が聞こえた。額に乗せられた冷たい手がひやりと心地よくて、薄目を開けるとそこには辛そうな顔をするアルバート様がいた。

「すまない……」

なんでアルバート様が謝るんだろう。一瞬そう思ったけれど、すぐに意識が遠のいていく。

そこから何度も、起きたり寝たりを繰り返した。地獄みたいに苦しい中、目を覚ますたびにアルバート様は私のそばにいた。手を握ったり、額の汗を拭いたりしてくれながら。

何かに縋《すが》りたい時、誰かがそばにいてくれると安心する。

目覚めるたびに感じるアルバート様の冷えた手に安心しながら、私は何度も謝り続ける彼の声を聞いていた。


ようやく楽に息がつけるようになった。妙に意識がはっきりとしている。

重いまぶたを開けて、ぼんやりと天井を見上げた。

三日くらいは、痛いと苦しいの間で眠っていたような気がする。

一体私の身に何があったんだろう……それにやけに右腕が重いのが怖いんですけど……。

おそるおそる鉛のような右腕に視線を向けた私は、ぎょっとして目を剝いた。

げっそりと頬がこけ目の下に隈《くま》ができたアルバート様が私の手を握っていて、今にも死にそうな悲惨な顔をしている。思わず「うわっ」と声を出すと、アルバート様が虚《うつ》ろに私を見て――飛び上がった。

「目が覚めたのか……！」

視界の端ではパメラが走って出て行き、年配の女性――、お医者さまらしき方を連れてきた。

「さあ、アルバート様。これでお休みになれるでしょう」

そう言って無理矢理アルバート様を追い出すと、お医者さまは私の瞼《まぶた》の裏や喉の奥などをてきぱきと診察し始める。


どうやら私は一週間もの間眠っていたようだ。

診察を終えたお医者さまが、少し安心した表情で説明をしてくれた。

「単純に言えば、一緒に摂取してはいけないものを摂取してしまった、ということです」

そのお医者さま――メアリーさんは、そう言った。

「倒れたときにお飲みになっていた紅茶は、この国では高貴な方が好むお茶でして、単体でお飲み頂く分には全く問題ありません。しかし、南の地に自生するメイモンという果実の果汁と一緒に摂取すると強い毒性を持つのです。メイモンは非常に苦味が強いので、通常口に入れることは稀《まれ》なのですが……お心当たりはございますか？」

「苦いもの……あ、ハーマンが淹れた紅茶……？」

私の言葉にメアリーさんは首を横に振り、「執事の方が淹れた紅茶は既に調べておりますが、あれはむしろ毒性を中和し、毒物を排出する作用がある紅茶となります。あの紅茶を飲まれていたからこそ命を落とさずに済んだのかと」と言った。

「ひえ……」

思わず声が出た。ハーマンのおかげで命拾いした。ボーナス三倍決定の瞬間である。

「他にお心当たりがないのなら、直接召し上がられたわけでは無いかもしれません。捜査がすむまではいつもの紅茶は念のためおやめください。それから内臓に大きな負担がかかっているので、しばらく食事は消化に良いものを。少しずつ量を増やしてください」

私は頷きながらもショックを受けていた。

そのメイモンとやらをいつどこで摂取していたのか、ということも気になるけど、また食事制限が始まったことが悲しい。

弱っているはずの私の胃は今、悲しいほどに空腹を訴えている。

その後すぐにメアリーさんがお帰りになり、間を置かず絶対休んでないだろう顔のアルバート様がやってきた。

手にほかほかと湯気を立てる、美味しそうな香りのスープを持ってきて。

食べてもいないのに一瞬で胃袋を掴まれた私は、勢いよく食べようとして――アルバート様に止められた。

「ゆっくり」

「こぼさないように」

「よく嚙むんだ」

そう言いながら、彼はけして不正を見逃さない試験官のような顔つきで、私の食べる姿をじっと観察している。

正直ちょっと……いやかなり鬱陶しい。そう思いつつも、有無を言わせない眼差しに渋々従った。

「美味しかったです」

あっという間に平らげて、手を合わせる。

「久しぶりの食事だが、吐き気は？」

「ありません。もっと食べられるかなーなんて……」

「夜は少しだけ増やすように言おう」

夜か……。

肩を落とした私を見て、アルバート様が心底ホッとしたような、悲しいことがあったような、複雑で奇妙な顔をする。

どうしてそんな顔をするんだろう？　看病中ずっと私に謝っていたことも含めて、色々聞いてみたいけれど。

「……旦那様、今日はゆっくり休んでくださいね」

彼の目の下の隈があんまりにもひどかったので、何も聞けなかった。

……きっと、寝る間も惜しんで看病してくれていたんだろう。

明日か、また次か。アルバート様がちゃんと休んで、私が元気になった時、聞いてみよう。

多分きっと。聞かなきゃならない大事な何かが隠されていそうな、そんな気がした。


私の今世の生命力はなかなかのものだ。

三日が経ち、お医者様が驚くほど元気いっぱいになった私は、何故かあれ以来姿を見せないアルバート様の執務室を元気よくノックした。

ハーマンがちょっとだけ困ったように扉を開ける。

部屋に入ると、アルバート様が執務机に座り、顔も上げないままカリカリとペンを走らせていた。

「――どうした」

「元気になりましたので！　お礼に伺いました！」

アルバート様の手が一瞬止まる。しかし彼はこちらに視線を向けることなく、またペンを走らせて、冷ややかな声を出した。

「……礼はいらない。――用事が済んだのなら、戻ってくれ。見ての通り仕事中だ」

驚くほど冷ややかな声に、私はぽかんと口を開けた。さてはハーマンが何かとんでもないミスをして怒らせたのだろうか。八つ当たりなんてしなさそうな仏のアルバート様を、こんなに怒らせるほどに。

しかし私の胡乱気な視線にハーマンはぶんぶんと首を横に振った。違うらしい。

「……？　旦那様、どこか具合でも……」

「最近、私の態度が甘かったが」

私の言葉を遮って、アルバート様が少しだけ語気を強めた。

「私とあなたは名ばかりの夫婦だ。こうして交流を図る必要も、あなたに私のことを心配される筋合いもない」

「え？」

「私に構わなければ、好きにしてもらって構わない。私に関わることだけはやめてくれ。迷惑だ」

「………ハーマン。少しだけ出てくれる？」

私がそう言うと、ハーマンは礼をしてすぐに出て行く。扉が閉まるのを見届けて、アルバート様にゆっくり近づいた。

「旦那様」

「――忙しいと言った筈だ」

こちらを見もせず、冷たく言い放つアルバート様の頬を両手でがしっと掴む。見開かれた瞳に、やけに据わった瞳をした私の顔が映って。

「っ、——なに、を」

次の瞬間、私の頭突きがアルバート様の額にクリーンヒットした。

「！！？？」

かなりの勢いで打ちつけたのに、アルバート様は驚くだけで赤くなった額をさすりもしない。

やはり痛みを感じなかったか。

どちらかといえば被害を受けた側の私のおでこを自分でさすりながら、私はキッとアルバート様を睨《にら》み「ばかですね！」と叫んだ。

「あんなに熱心に看病してくださった旦那様が、私を迷惑だと思ってないことくらいわかってますよ！」

「な……」

驚きに目を見開いているけれど、むしろわからないと思ってることに驚きだ。

「どうしてですか？　何を抱えているんですか？　名ばかりとはいえ、私たちは夫婦です。なのに旦那様は全て一人で抱えて、私には何も言わず——……こうして突き放されたら、私はとても悲しいです」

「…………………」

「旦那様は、何を怖がっているんですか？」

アルバート様の肩が揺れる。私は一歩も譲らない気持ちで、もう一度口を開いた。

「教えてください。教えてもらえるまで――私、ここから動きません」

私の視線に、アルバート様は脅迫が本気だと悟ったのだろう。

小さく息を吐いて一瞬だけ目を瞑《つぶ》り、淡々と口を開いた。

「君が毒に倒れたのは、私のせいだ」

「え？」

「私が君の命を脅かした」

そう言うアルバート様の唇は微かに震えていた。

「私は、何かを愛してはならない。少しでも何かを好ましいと思ってはならない。そう教育された。そして君が倒れたのは、その教育のためだと思う」

「教育……？」

その言葉の不穏さにゾッとする。公爵夫人の顔が浮かんで、私は信じたくないような気持ちで青ざめた顔のアルバート様を見つめた。

「君が倒れたのは、母上――フィールディング公爵夫人が行ったことが原因だと確信している。しかし証拠がない以上、私が今君のためにできることは、君と距離を置き、近いうちに離婚することだけだ」

そう言うアルバート様は、その言葉を言えたことに絶望しているようにも、安堵《あんど》しているようにも見えた。

「……なぜ、そんなことを言うんですか」

「君が倒れたのは……母上が毒を盛ったせいだ。しかし現時点で証拠がない。捜査をしようにも父上が妨害している。母上を捕らえるため動いているが——おそらく、時間がかかる。その間君を危険な目に遭わせるわけにはいかない」

「それもですけど、そんなことより」

震える声でアルバート様の言葉を遮った。

「どうして何も悪くないご自分を、そんなに責めるんですか」

私の言葉に困惑して彷徨《さまよ》うその視線がまた悲しくて、震える声をアルバート様にぶつけた。

「なぜ私が倒れたことが旦那様のせいになるんですか？　なぜ、何かを愛してはいけないなんて……そんなことを言うんですか？」

私に毒を盛ったのが、公爵夫人だとして。

悪いのは夫人だ。捜査を妨害しているという公爵様も共犯だ。

アルバート様は、何も悪くないのに。

私の言葉に、アルバート様が一瞬言葉に詰まり、少し迷ったあと口を開いた。

「……殿下が前に言ったことを覚えているだろうか」

「殿下が？」

「フィールディング公爵家の男の愛は重い」

ゾッとするほど暗い自嘲めいた笑みを浮かべて、アルバート様は「愛を言い訳に人を利用し、尊厳を踏みにじり、不幸に陥れる。それがフィールディング公爵家の業《ごう》だ」と言った。

「母上もその犠牲者の一人だ。『息子』の教育を一任された彼女は……私が六歳の時からフィールディング公爵家の罪を説き始めた。愛した者も、それに巻きこまれる者も不幸になる。利己的な血、そして薄汚い血が流れる私が罪を犯さないよう、自身の罪深さを知ることが大切だと」

あまりの言葉のひどさに、私は言葉を失った。

それを、六歳の彼は聞かされたのだろうか。おぞましさにただただ唇を震わせていると、アルバート様の口から耳を疑うような『教育』内容が淡々と語られた。

◇◇◇

最初は薔薇の花だった。

「折角綺麗に咲いたのに、可哀想にね」


冷たく青い瞳が、踏みにじられた薔薇の花を見下ろしている。

母が好きな薔薇の花が、アルバートも大好きだった。

だからハリーが丹精込めて育てる姿を眺めながら、花開くのを楽しみにしていた。だけどその花は今、アルバートの靴の下で無残にも泥にまみれてくしゃくしゃになっている。

「あなたがこの花を好きにならなければ、この薔薇はずっと咲き続けていられたでしょうに」

「ご、ごめんなさい……母上」

穏やかな、しかし憎しみの滲む声音に、頬と手の傷がじんじんとひどく痛んだ。先ほど薔薇を踏みつけるように命じられ、拒否した回数、幾度も鞭《むち》で打たれた場所だった。

（どうして母上は、薔薇を踏むようにと言うのだろう）

悲しさと痛みと困惑で目じりに涙が浮かんだアルバートの疑問に答えるように、冷ややかな声が響いた。

「アルバート。あなたは今日で、六歳になったわね」

「はい……」

「六歳と言えば、物事の分別がつく頃。教育を始めても良い年齢だわ。あなたもそろそろ、自分の体に流れる血の罪深さを知ってもよい頃でしょう」

「罪深さ……」

「ええ。その利己的な血。そして薄汚いその血が流れるあなたが誰かを愛すると、愛された者も巻き込まれる者も不幸になる。あなたの父や、先代や……フィールディング公爵家の男たちが、そうしたようにね」

冷ややかな視線に射貫かれて、アルバートは固まった。

「あなたは何も愛してはならない。愛した者は皆不幸になる。――だからね、アルバート。あなたが罪を犯さないよう、私がきちんと教育してあげましょう。……お茶でもしながら、ね。さあ、行きましょう。あなたの好きなマフィンを用意させるわ」

――あの日から始まった『教育』の一部を、アルバートは目の前のヴィオラに淡々と話した。

「私がそれまで少しでも好んでいたものは、全て私自身の手で壊し、踏みつけ、燃やすように命じられた。食事には毎回私の好物が用意され、それには必ず毒物が……といっても、死ぬことも後遺症が残ることもない程度のものだが――混ぜられていた」

「そんな……」

ヴィオラの顔がみるみる青ざめていく。こんな顔はさせたくなかった、と思いながら窓の外に目を向ける。庭師のハリーが、花壇の花を整えているのが見えた。

(――あの背には、今も癒えない傷跡が残っているはずだ)

忘れたことはないあの光景を思い出しながら、アルバートは続けた。

「私を庇う使用人もいた。その者たちは例外なく、私の目の前でひどく鞭打たれた。侍女長であり、私の乳母だった者は貴族だったため鞭打ちは免れていたが……最終的には母上の手によって、盲目となった」


あの時のことは、今でもよく夢に見る。

『教育』を受けるようになってから、四年が経った日のことだ。

「もうおやめください！　こんなことをいつまで続けるおつもりですか⁉」

その日も毒入りの食事を食べて苦しむアルバートを涙ながらに抱きしめながら、乳母のデボラは震える声でそう怒鳴った。いつもアルバートを庇ってくれる彼女だが、こんなに激高した姿を見るのは初めてだった。

「あなたを苦しめているのは、公爵閣下ただお一人です！　この優しい子があなたに一体何をしたというのですか！」

その瞬間、喉を絞めつけられたようなデボラの悲鳴が響いた。驚きと恐ろしさに彼女の方を見る。毒で滲む視界に、手を真っ赤に染めながら、目を押さえているデボラが見えた。

「デボラ……！」

咳《せ》き込みながら、必死でデボラの名を呼ぶ。

自分を庇ったせいで、デボラがひどい目に遭ってしまった。

震えながらデボラに何度も大丈夫か尋ねていると、突然大きな犬が駆けてきた。

アルバートが可愛がっていた、犬のシンバだ。アルバートを守るようにけたたましく吠《ほ》える姿に、アルバートは驚愕し、青ざめた。

アルバートが『教育』を受け始めてすぐ、シンバはデボラたち使用人とその家族が住む別棟で飼われるようになった。

ここに来るはずがない、どうして、と扉の方を見ると、デボラの娘であるパメラが青ざめ、立ちすくんでいる姿が見えた。息を切らしている。勘の良いシンバが、脱走したのかもしれない。

「――何もかもが忌々しいわね。うるさい犬だわ」

「っ、母上……！」

「……ああ、そういえばこの犬……あなたが可愛がっている犬だったかしら」

その冷たい声音に背筋がぞっと冷えて、アルバートは震えながら叫んだ。

「母上、申し訳ありません……！」

痺《しび》れる体を起こし、必死で謝る。

「手間を取らせてしまい、申し訳、ありません。ようやく僕にも、母上の仰る言葉の意味がわかりました……僕は、何も愛しません。その犬も、可愛がってなどいません。僕が何かを愛したら、誰もが不幸になりますから」

アルバートが必死でそう言う。けたたましく吠えるシンバは、当時の執事——ハーマンの父親が、必死で押さえこんでいた。

「……そう。良い子ね、アルバート」

これまでも滅多《めった》に聞くことのなかった優しい声と共に、アルバートの頭を撫でる手のひらを感じた。彼女に頭を撫でてもらったのは、生まれて初めてのことだった。

「これでもう、不幸になる人間はいないのね」

その言葉はアルバートの心に突き刺さり、抜けることのない杭となった。

その事件のあとすぐに、デボラはシンバと共に王都から南西にある故郷へ療養に行くことになった。十二歳のパメラは公爵邸に残り、侍女見習いとして働くことになった。デボラに告発させないための人質だろう。

盲目となったデボラとシンバが発つ姿を、アルバートは見送らなかった。

自分のせいで深く傷ついた彼女たちの前に姿を現さないことだけが、彼にできる唯一のことだった。

（フィールディング公爵家の男たちは、人を愛するたびに数多《あまた》の人間を傷つけてきた。……母上のことも）

彼女を憎む気にはなれなかった。彼女を追い詰めたのは父の愛情……フィールディング公爵家の、異常な愛情なのだから。

フィールディング公爵家の歴史を紐解《ひもと》くたびに、アルバートは自身に流れる血を嫌悪した。自分の体に流れる血が人々の悲嘆で汚れているのだと知るたびに、感覚が薄れていった。

完全に快と不快の感覚が消えた時、アルバートは心の底から安堵した。これでもう誰かを愛することはないだろうと、確信したからだ。

それからも『教育』は続いたが、アルバートを庇う人間はもういない。苦痛さえ感じなくなり、心の動かない日々を送っていた。このまま誰とも関わらず、生涯を終えたいと願っていた。

ヴィオラと、過ごすまでは。

◇◇◇

「……乳母が去り、それから数年が過ぎたところで父がこの騒ぎを知り、南の領地へ母上を連れて行った。君に言えるのは、これくらいだ」

過去を告白してくれたアルバート様は、口調はひどく冷静なのに、指先が微かに震えていた。

氷のように冷たいその指先にそっと触れる。びくりと跳ねた指先が、驚いたように固まって――

同じように震える私の手を、躊躇いながら摑んだ。

「どうして泣いているんだ……」

「だん、旦那様は……」

言葉は繫《つな》がらなかった。熱い涙が次から次へと頰を伝い、ぽたぽたと絨毯《じゅうたん》に落ちていく。

止めどなく溢《あふ》れる私の涙に、アルバート様は困り果てたように眉を下げて、「泣かないでくれ」

と、私の頰や目元を、繫いでいない指先で何度も拭った。

「ずっと私を、守って、くれていたんですね」

初夜のあの日も、新婚の慣例を無視したことも。王城の舞踏会で、公爵夫人から言われて初めて
私のエスコートを決めたことも、きっと全部。

私が危険な目に遭わないように、彼は何も言わずに私を守ってくれていたのだ。

「……守れていない」

私の言葉に、アルバート様がどこか痛むように眉根を寄せて、絞り出すような声音で言った。

「もう私のせいで、誰も傷つけないと誓ったのに。……結局、私は君を守れなかった」

「私はこうして、無事でいるじゃないですか」

ひどい泣き顔のまま、私は無理矢理微笑んだ。

「次は私、もっとうまくやります。夫人とはお茶どころか握手も会話もしませんし、旦那様の側から離れません。というか屋敷に入れません。旦那様が私を守ってくれたように、私も旦那様をお守りします」

「何を言って……」

「夫人が捕まるまで、離婚なんてしません。そして旦那様に好きな人が現れるまで側にいます。だって約束したじゃないですか。私が旦那様の感覚を取り戻すお手伝いをするって」

夫人の呪いになんて負けないで、どうか愛する人を見つけてほしい。

愛し愛される人を見つけてほしい。今まで与えられるべきだった愛情が、アルバート様の今後の人生にずっと降り注いでくれればいい。

このままアルバート様と離婚して、ずっと一人で耐えていた彼をまた一人この地獄に置いていくなんてことはしたくなかった。

「母上のことだけではない」

アルバート様が、苦しそうにそう言った。

「私自身が、誰かを好きになりたくないんだ」

「……大丈夫ですよ、旦那様」

フィールディング公爵家をモデルにした、小説の数々を思い出す。

彼が何を怖がっているのかを考えると、止まった涙がまた出そうになって、私はアルバート様の指を握る手に、更に力をこめた。

「旦那様が誰かを好きになって、もしもその方の意思を無視してひどいことをしそうになった時は、私が絶対に止めますから」

「……止める？」

「はい。気絶させてでも、どんな卑怯《ひきょう》な手を使ってでも。私はお止めして、その方を絶対に逃します。どこにいても駆けつけます。私は長生きしますので、あなたの最期まで私が止めますから」

私の言葉に、アルバート様が一瞬口をつぐみ、迷ったようにまた口を開いた。

「もしも私が、君を愛してしまったらどうするんだ」

「……同じですよ。大丈夫、旦那様が酷いことをしそうな時には、絶対に逃げますから」

アルバート様の目を見て、私は微笑んだ。

「それに……旦那様。私は、あなたが自分の気持ちのままに人を傷つけるような人だと思っていません。誰かを不幸にしたくないと、感情も感覚も失くしても一人で戦っていたあなたは……誰よりも優しい人です」

アルバート様が目を見開いてハッと息を呑《の》む。そんな彼の目を見てにっこり笑って、私はずっと言いたかったお礼の言葉を伝えた。

「苦しかったですけど、旦那様がずっと看病してくださったおかげで、私は眠っている間ずっと心強かったです。旦那様がいてくださって、本当に救われました」

私の言葉に、アルバート様が俯いて、微かに聞き取れるくらいの小さな声を出した。

「君が……」

「はい」

「君が生きていてくれて、本当によかった」

そう言うと、アルバート様が顔を上げた。

銀色の髪が窓から差し込む光に輝き、青い瞳が透き通った宝石みたいにキラキラと輝いた。

「私は……私は、君が、この世界のどこかで笑っていてくれればいい」

そう微笑むアルバート様の表情は、この世のものとは思えないくらい綺麗で。

ようやく見られた笑顔に嬉しくなって、また涙がぽろりと落ちた。

今日だけは涙腺が弱くなっても仕方ない。

けれど明日からは、絶対にいつも通りに過ごせるように。

第四章　家庭内ストーカー

ぼんやりとする頭で目覚めた。

鏡に映った自分を見て、あまり腫れていないまぶたにホッとする。これならアルバート様にも気を遣わせないだろう。泣きながら冷やした私、超グッジョブ。

いつも通り、いつも通り。

少し緊張して息を吐きつつも、私は気合を入れて朝食のため食堂に向かった。

心配なのはアルバート様のことだ。

昨日私に話してくれたことで、フラッシュバックとか起きてないかな。

食堂の扉を開ける。心配とは裏腹に、既に席についていたアルバート様の表情は思ったよりも明るくてホッとした。

「おはようございます」

「おっ、おはよう」

やはり平常心ではないのか、心なしか声が上擦っている。

それに。

「旦那様、少し顔が赤い気が……。体調が悪いのでは？」

寝不足からの気が抜けた時に風邪を引くのは古今東西よく聞く話だ。

首を傾げてじっと彼の顔を見ると、更に顔を赤らめた彼が慌てたように口を開いた。

「い、いや……元気だ。全く、問題ない」

「本当ですか……?」

疑わしすぎて、思わずジト目になると彼はやましそうに目を逸らした。怪しい。

「ほ、本当だ。大丈夫だから……」

怪しい……。

もしや体調不良と言ったら私が問答無用で休ませにかかるに違いないと思って、隠しているのだろうか。

風邪気味程度じゃ、休めないくらい仕事が溜《た》まっているのかもしれない。

倒れた私をずっとつきっきりで看病してくれたし、そもそも倒れる前からあれこれと引っ張り回しちゃってたし……。

「……そうだ！　私、今日は一人で大人しく過ごしていますから。その時間分はゆっくり休んでくださいね」

「！」

アルバート様の情緒はとても大事だけれど、睡眠時間もお仕事の時間も大事だもんね。

特に昨日、あんなに辛い経験を話してくれたのだから。風邪じゃなかったとしても、一人でゆっくりと心を休める時間も必要だろう。

「私の看病でお仕事溜まってしまいましたよね。でも今日空いた時間分は、しっかり休んでくださいね」

一緒に過ごせないのはちょっと寂しいけれど、仕方ない。

あとでハーマンにも無理しすぎないように言ってもらって、明日は一緒に遊べるといいな。

そう思っていたのだけれど……アルバート様の様子がどうもおかしい。

初めは私が花壇の手入れをしながら「花切り鋏《ばさみ》が欲しいな……でも取りに行くの面倒だなあ……」と呟《つぶや》いた時だった。

「これか」

「!!」

音もなく、いつの間にか横に立っていたアルバート様がスッと花切り鋏を差し出した。

「びッッ……くりしたー！　旦那様、お仕事していた筈《はず》じゃ……」

「通りがかっただけだ」

この庭園の端っこを……？

疑問に思いながらも、とりあえず私は頭を下げてお礼を言った。

「ありがとうございます、助かりました」

そう言うとアルバート様が、少し照れたように頷《うなず》いた。

「これくらい、大したことじゃない。他に何か手伝えることはないか？」

「あ、ないです！　大丈夫です！」

「そうか……」

何故か若干肩を落としたアルバート様を見送って、一息吐く。

気分転換かな。偶然ってあるんだなあ。

……と思っていたけれど、もしかしたら偶然じゃないかもしれない。


花壇の手入れを終えた後も、アルバート様はそこかしこに現れた。

図書室の高いところにある本を取ろうとすると、背後からシュッと忍び寄り取ってくれる。

私が階段から落ちそうになった時、サッと抱き抱えて助けてくれる。

今日のおやつを食べながら、（んー……甘みが足りない……蜂蜜欲しいな……）と思っていると、背後からスッと蜂蜜が差し出される。

「ありがとうございます……？」

「通りがかったついでだ」

通りがかったついでとは。

それだけ言うとすぐに立ち去ってしまうけれど、またすぐにどこからともなく現れて何かしらを助けてくれる。

……もしかして、今日一緒に遊びたいと思ってくれていたのかしら？　実はひまだったとか。

じゃあ、明日は遊びに誘ってみよう。

そう思って次の日に声を掛けると、アルバート様はパッと顔を輝かせて頷いた。

だけど、一緒に遊ぶ時間の前後の、『偶然通りがかっただけ』は、それからも続くのだった。


「ようやく回復したと聞いた。……良かったな」

エセルバート殿下が、大量のお花やお菓子を持って快気祝いに来てくれた。

私はそのお土産品に目を輝かせながら、「ありがとうございます」とお礼を言った。

「いや、心ばかりの品だ。……本当に大変だったな。犯人は必ず捕らえるから安心して欲しい。そしてそのために当時の状況を聞きたいのだが……」

「あ、はい。ええと……」

らしくもなく申し訳なさそうな殿下に、私はその日の状況を話した。突然夫人が来たこと。二人でお茶をする時はハーマンの淹《い》れた紅茶を飲んだこと。最後握手をした時に、力が強くて少しだけチクリとしたこと、その後アルバート様と一緒にローズマリーの淹れた紅茶を飲んで、マッシュの作ったシュークリームを食べたこと。

「……なるほど、わかった。侍女と料理長は王城で取り調べをしているが、近日中にはここに戻って来られるだろう」

「良かった……！」

ローズマリーとマッシュは、私が倒れたことにより重要参考人として拘束されていたのだ。ずっと心配だったから、戻って来られると聞いて本当に良かったと安心する。

「彼女たちの証言も助かっ……、それは置いといて。あれはどうしたのだ……？」

「私にも何が何だか……」

そわそわと落ち着かない様子のアルバート様が、扉の隙間からこちらを見ている。

一応捜査の一環ということで私と二人で話したいと言った殿下に、アルバート様はかなり抵抗されたた。結局殿下が権力でねじ伏せたものの、何故か部屋の外で待機すると言って聞かなかったのだ。

「……もしかして、アルバートは君に何かを話したか？」

「ええと……」

言いにくそうに殿下が言葉を濁した。そう言えば殿下は全てを知っているのだと、アルバート様も言っていたっけ。

「はい。私が倒れたのはおそらく公爵夫人の仕業だということとか……他にも、少し」

「……そうか」

殿下が驚きに目を瞬かせ、もう一度「そうか……」と感慨深げに言った。

「あれがその話を口にしたのは、おそらく君が初めてだ。……あとは公爵夫人を捕らえるだけだな。よかった……」

「それも少し心配なんです」

殿下の言葉に、思わずポロリと本音が出た。

「もうアルバート様の前に現れないようしっかり捕まえて欲しいですけれど、実のお母様が逮捕されたらどんなに覚悟をしていてもきっとショックでしょうから……」

とはいえ、絶対に逮捕されてほしいけれど。

それとこれとは別として、アルバート様の心は心配だった。

「実の母親か……」

殿下がポツリと呟く。

「……ヴィオラ夫人が支えてくれるなら、大丈夫だろう。さて、本当はまだ言いたいことはあったんだが、そろそろ視線が痛い。またの機会に」

そう言って苦笑いする殿下が立ち上がり、何か思いついたように私の横に控えていたパメラに視線を向けた。

「……元気そうで何よりだ。何か困っていることはないか」

優しい声音に、パメラが一瞬驚いたあと、「……殿下はお優しいですね」と少しだけ微笑んだ。

「お気遣いは不要です。ありがとうございます」

「そうか」

頭を下げるパメラにちょっと微笑んで、殿下が「アルバート！　話は終わった」と声を出す。

一瞬で私の隣にやってくる忍びのような動きのアルバート様に、殿下が楽しくてたまらないといった表情を見せた。

「これは本当に驚いた」

殿下はそう言って笑ったけれど、驚いているのは多分私の方だと思う。


ローズマリーが帰ってきた。

「ヴィ、ヴィオラ様ーッ!!　申し訳ありませんでした!!」

地につかんばかりに頭をひたすら下げる彼女は、えぐえぐと号泣している。

取り調べは配慮したものだったと聞いているけれど、それでも辛かったのだろう。艶々としていた赤毛はパサつき、心労のせいか短期間でかなり痩せてしまったようだ。

「ご無事で……ご無事で本当によかったです……」

ローズマリーが私に用意していた紅茶は、公爵夫人に貰《もら》ったものらしい。

私が嫁いでくる少し前にここで働き始めた子爵家出身のローズマリーは、元々世紀の大恋愛と噂《うわさ》されている公爵夫妻に憧れていた。

そんな憧れの公爵夫人と初めて顔を合わせたのは私とアルバート様の結婚式の日。

憧れの公爵夫人に声をかけられ、こっそりと「ヴィオラさんにぜひ飲ませてあげて欲しいの」と渡された紅茶は、高位貴族の淑女が嗜《たしな》む、ローズマリー憧れの最高級の茶葉で。

公爵夫人は「嫁いできてくれた彼女に、何か贈りたかったのだけれど」と儚《はかな》げに笑って言った。

「離れて暮らしているせいか、私はアルバートとうまくいっていなくて。アルバートや他の使用人に渡したら嫁いびりと誤解されて捨てられてしまうかもしれないから……内緒にしてね」

その言葉に、ローズマリーは屋敷で働き始めた初日に言われた「外部から入ってくる物は全てハーマンとパメラが検品する。たとえ公爵夫妻が渡したものであっても」という言葉を思い出す。

公爵夫人はお優しいのに。

親子喧嘩《げんか》でこんなに良いお茶が、飲まれることなく捨てられるなんてありえないわ。

そう思ったローズマリーは、自分が紅茶を淹れる時は私にそのお茶を出していたのだそうだ。

「本当に、本当に申し訳ありません。まさかこんなことになるなんて……」

「仕方ないわ。紅茶自体が悪いわけじゃないし。だけどこれからはどんなに些細《ささい》なことでもパメラに相談してね」

「ヴィオラ様ぁ……」

痩せてしまったローズマリーの口にドーナツを放り込む。昨日一足先に帰ってきたマッシュが腕によりをかけて作った特製のもので、かけられた粉砂糖が罪深いほどに美味しい。

多分久しぶりの甘味を噛《か》み締《し》めたローズマリーは「ふみまへん……」とまた涙をこぼした。

やっぱり公爵夫人が絡んでいることは間違いないんだろう。わかってはいたものの、ショックである。

そして紅茶を贈ったことや、夫人が遊びに来たその日に私が倒れた、という事実は証拠にはならないだろう。

実際に、殿下が公爵家別邸を捜査したいとしたためた書状をフィールディング公爵に送ったようだけれど、公爵はこれを拒否した。

『親愛の情を込めて紅茶を贈り、息子の様子を窺《うかが》いに行っただけで犯人扱いされるとは許し難い』ということらしい。フィールディング公爵家本邸のみの捜査なら許容できるが、公爵夫妻の住まう別邸の敷地内には一歩でも立ち入ることは許さないと。

国王陛下はこの事件を、ただの事故として捜査を打ち切る方針らしい。殿下とアルバート様に聞いたところ「大丈夫だ」と言っていたけれど、本当に大丈夫なんだろうか。

「というか、なんでこんなことになってるのよ……」

その時丁度お見舞いに来ていたゴドウィンが、地を這《は》うような低音を出した。

ちなみに彼は私に毒を盛ったのが公爵夫人であることを、数回の質問ですぐに見破って私の度肝を抜いている。メンタリストすぎて怖い。

とはいえさすがに毒を盛った理由まではわからないようで単純に嫁いびりだと思っているようだ。

「ねえヴィオぴ、もう離婚、せめて別居しましょう。あなた一人くらいアタシがいくらでも面倒見るし、匿ってあげるわ。貴族は貴族と結ばれるのが幸せだと思ってたけど、こんなことになるならあなたが結婚する前に、…………弟子にすればよかったわ！」

「ゴドウィン……！」

ゴドウィンの熱い友情に思わずホロッとくるのは何度目だろう。

ゴドウィンは仕事に厳しいから絶対弟子にはなりたくないけれど、こう言ってもらえるのはとても嬉《うれ》しい。

「と、とにかく……あなたには行く当てがあるのよ。ここにいなくてもいいんじゃない？」

「うーん……。でも私、ここが好きだから……」

いずれ離婚はするだろうけれど、今じゃない。

私個人の気持ちといえば、この屋敷もこの屋敷の人たちも大好きだし、居心地が良いからずっとここにいたい。

私がそう言うとゴドウィンは「そう……」と目を伏せて、「楽しく暮らしてるようで何よりだわ！」とカラッと笑った。

「ただ一つ聞きたいんだけど……あれは何なの？」

ゴドウィンが私の後ろに、不審者を見るような眼差しを向ける。

振り返ると特に何もいないけれど、見当がつく。十中八九、アルバート様が『偶然』こちらを通りがかったのだろう。

私がへへッと笑って誤魔化すと、ゴドウィンはあからさまにドン引きしていた。

「いや、でも結構助けられてて……あ、そうだ」

助けになっていると言えば、ルラヴィ様のお話を思い出す。ゴドウィンが密かに、社交界の淑女たちに私のポジティブキャンペーンをしていてくれたことだ。

「ずっと私を助けてくれていてありがとう。私の良いところとか広めてくれて」

「……何よ急に。アタシは将来の大口顧客に恩を売ってるだけで……」

「買いきれないほど恩を売ってくれてありがとう。ゴドウィンは私の一番大事な親友だから、次は私が助けるね。だからこれからもずっと……仲良くしてね」

私がちょっと照れながらそう言うと、ゴドウィンが目を見開いて、天を仰いだ。

「あ〜……もう……反則だろ」

「え？　何が？」

「何でもないわよ」

何故か若干ヤケクソ気味に私の頭にぽん、と手を置くと、口を開いて優しい声を出した。

「長居するわけにもいかないから、帰るけど。……ヴィオぴ」

「ん？」

ゴドウィンが私の髪を一筋掬《すく》い、何故かその髪に唇を寄せた。

「⁉」

「——心から、ヴィオラの幸せを願ってる。君はずっと俺の女神だから」

突然の奇行に驚愕《きょうがく》していると、ゴドウィンが悪戯っぽく笑って髪から手を離した。

「まあ、これくらいは許されるわよね？」

そう言ってこの上ない満足そうな笑顔でゴドウィンがサムズアップする。

何だかよくわからないけれど、ゴドウィンが楽しそうだからいいの……だろうか？

頭の中をはてなでいっぱいにしながら、颯爽《さっそう》と帰っていくゴドウィンを見送った。

やっぱりマッシュの料理は格別である！

すっかり普通のご飯が食べられるようになった私は、肉汁溢《あふ》れる香ばしいハンバーグを噛み締めてはうっとりと目を瞑《つぶ》った。

幸せはお肉に宿っているんだなあ……。

こんなに美味しいものを食べたら、どんなに悲しいことがあった人でも思わず笑顔になってしまうだろう。

……味覚さえ、正常ならば。

私は目の前の席に座る、瞳からハイライトが消え淀《きよど》んだオーラを背負ったアルバート様を見た。

完全に闇落ちしている。

「……どうしたんですか？」

「……何でもない。君が幸せならいいんだ……」

相手がハンバーグを食べているだけで、こんなに重いことを言う人がいるだろうか？

え、このお肉、実は殿下だったりしないよね？　と一瞬猟奇的な考えが頭をよぎりぞわっとしたけれど、多分普通に牛肉だと思う。

——どうしてこんなに落ち込んでいるのかな。

午前中一緒にお庭を散策した時は時折挙動不審ながら元気そうだったし、それからも私の後ろに潜んでいたはずだと思う。何度も偶然助けてくれたけど、その時は至って普通だったのに。

落ち込み始めたのは……時間的に、ローズマリーが帰ってきた後だ。そう気付いて納得する。

その時、きっとローズマリーを送り届けてくれた王城の使者の方とお話をしたのだろう。……それで公爵夫人のあれこれを思い出して、落ち込んでしまったのかもしれない。

……そうだよね。悲しいよね。

私がしんみりしていると、アルバート様が暗い表情で「君と」と、予想外なことを呟いた。

「……あのゴドウィンという髪結師は、恋人なのか。……金髪ではないようだが」

「ゴドウィン？」

思わず素っ頓狂な声が出た。

なぜゴドウィンと恋人。おまけに金髪って何の話……？

「何を言うのかと思えば……。ゴドウィンは私の大事な友達です。お互い恋愛感情は微塵《みじん》もないですよ」

「！　……そ、そうなのか……いやでもしかし、彼は……」

パッと顔を上げ困惑した表情を見せるアルバート様に、私は「絶対にないですから！」と念を押した。誤解されるのはなんだかすごく嫌だったのだ。

「それに私は、いくらかりそめでも旦那様がいるのに恋人を作ったりなんてしませんよ。まったく。そういうことを妻に聞くのは失礼です」

私がちょっと怒った顔をすると、アルバート様は視線を彷徨《さまよ》わせた後に口を開いた。

「しかし……そのうち離婚するだろう、私たちは」

「え……」

冷や水を浴びせられたような気持ちになった。自分ではもちろんそのつもりでいたけれど、実際にアルバート様の口からその言葉が出ると……ショックだった。

「それは……そうですけど……」

「……早く、その日が来るといいな。君には幸せになってもらいたいから」

その言葉に自分でも驚くほど悲しくなった。

目の前のハンバーグも、ちょっとだけ色褪《いろあ》せて見えるくらいに。

「旦那様は、その日が来るといいなって、そう思ってるんですか？」

私がそう尋ねると、アルバート様は躊躇《ためら》うように視線を落とした後、「ああ」とぎこちなく微笑んだ。


やっぱり人間、やけくそ気味に気晴らしをするのはよくない。

夕食の後、私は理由もなくむしゃくしゃとしていた。なんだかこう……気分がパッと晴れるようなことをしたかったのだ。

そんな時にふと、『嫌な気持ちの時はホラー小説よ』と昔ゴドウィンが話していたことを思い出して、愚かなことにホラーの短編小説に手を出した。最悪なほどに怖い小説だった。

パメラにもローズマリーにも下がってもらった今、この部屋には私一人。

物音一つしない、静かすぎるこの部屋で。

「…………………」

うん、何かこう……我を忘れて没頭できることをしよう。ゴドウィンにもらったマニキュアでも塗ろうかな。他にも何か気晴らしあったっけ……とそわそわしながらガサゴソ引き出しを漁っていると、窓にカン！　と何かがぶつかる音がした。

「ギャ――――！！！」

「どうした⁉」

思わず上げた悲鳴に、焦った様子のアルバート様が部屋の扉をばん！　と開けた。えっ、夜も近くにいたの？　と頭の片隅で冷静に思いながら、救いの主アルバート様の背中に走り、「まっ、まっ、窓に……！　窓が……！　カツンって！」と訴えた。

「窓だな。ここで待っていてくれ」

危ないのでは、と止めようとしたけれど、アルバート様は勇敢にも窓に向かう。

カーテンを思いきり開けてキョロキョロと周りを見回すと「……これか？」と何やら微妙な顔をして窓の上を指差した。

「ううっ……何ですか……って、あれ、サンキャッチャー……？」

恐る恐る窓に近づいて覗《のぞ》き込《こ》むと、それは特注で作らせたサンキャッチャーだった。

なんで窓の外に……と思ったけど、そういえば今日お風呂に入る前に私が干した。

『水晶を月光に当てると良い感じに感受性が豊かになる』というのを眉唾ものの本を読んで、あ、これとか水晶でできてるし、アルバート様によいかも！　と思いついたやつだった。

「他には何も危険なものはないようだ。……大丈夫か？」

「うっ……ありがとうございます、助かりました」

とんだ醜態を晒《さら》してしまった。恥ずかしさに顔を真っ赤にしてお礼を言うと、アルバート様は
「大したことじゃない」と目を逸らした。

「……では、私はこれで失礼する」

「！　ま、待ってくださいっ……！　行かないで！」

がしっとアルバート様の腕を摑《つか》む。アルバート様が「！」と石のように固まり、チャンスを逃すまいと私は畳み掛けるようにお願いをした。

「さっき怖い本読んじゃったんですよ……！　パメラにもローズマリーにも休んでいいよって言っちゃって……！　一人でいるとか今は無理です！　もう少しだけ！　もう少しだけいてくださ
い！」

「そ、それは……。こんな時間に、寝巻き姿の君がいる部屋にいるわけには、」

「大丈夫です！　絶対に何もしません！　何もしませんから！」

アルバート様に安心してもらうべく、私は必死で頼み込んだ。

「正体がサンキャッチャーとわかっても、もう怖さゲージが振り切れちゃって一人は無理です

……！　旦那様には申し訳ないですけれど、他に頼める人なんていな……あ。落ち着くまで夜勤警備中の騎士に話しかけに行けばいいのか」

「それは絶対にダメだ」

絶対零度の冷ややかな声と眼差しに、にべもなく却下されて絶望する。確かに、お仕事の邪魔をするのは良くない。良くないけれど。

「……う。絶対にダメですか……？」

しかしながら、諦めきれずにアルバート様の目を見つめる。

冷ややかだったアルバート様がたじろいで、苦悶《くもん》の表情を浮かべた。


「本当に旦那様って優しいですね……！」

「………」

「どうぞ、お茶です！　へへ、人生で初めて人にお茶を淹れました！　ブランデーを入れると美味しいらしくて、ちょっと多めに入れておきました。……あ！　秘蔵のお菓子も出しますね！」

「初めて……」

アルバート様にはブランデー入り。私にはノーマルタイプのお茶を、それぞれテーブルに置く。

パメラ曰《いわ》くブランデー紅茶では酔ったりしない、ということなのだけれど、一応だ。招き入れといて酔っ払ったら申し訳ないものね。アルバート様だけ特別だ。

しかし、差し出された紅茶をまじまじと見つめたまま、アルバート様は動かない。

「……やっぱり、ちょっと怒ってますか？」

「いや……怒ってなどいない」

押しに弱いアルバート様は、苦渋の決断といった面持ちで私の部屋にいることを了承してくれた。それはもう、しぶしぶと。

どうせ私の近くに潜んでいるなら目の前にいる方がいいじゃないか、という気持ちもチラッとあったけれど、どうやらそれとこれとは違うらしい。

「あの……旦那様。お疲れでしたら、やっぱり大丈夫です」

急に申し訳ない気持ちになってきて、私はそう言った。温かいお茶とお菓子を食べてほっこりしたら、怖さも薄れてきた。……ような気もする。

しかしアルバート様は「疲れていない」と首をふり「ただ……耐えられるか不安だ」と呟いた。

耐える……？

「…………まさか旦那様。私によこしまな考えを……？」

「……！　ち、違う！　それは絶対にない！」

「ですよねえ」

自分のパジャマ姿を見る。色気が無。無である。

首から足首まで隠れる長袖のワンピースタイプだ。中にはお腹から足首までしっかりと温めてくれるパジャマパンツまで穿《は》いていて、昼間よりもよっぽど露出度が低い。冷えは健康の大敵なのだ。でなければさすがに、騎士のところに行こうとは思わない。

「では何にですか？」

「…………何でもない。未来の話だ」

言いたくなさそうなアルバート様に首を傾げる。

しかしまあ、言いたくなさそうなことは聞かないでおくのが優しさだ。

そう思った私は「それにしても旦那様が夜まで私をつけ……見守ってくださっているとは思いませんでした」と話を逸らした。

「見守る？」

「最近ずっと、偶然を装っては私を助けてくれていたじゃないですか。あれは、私を心配して見守ってくれていたんですよね？」

一歩間違えればストーカーにも見えるアルバート様の行動は、私が毒に倒れた後から始まった。

きっとまた私に何かが起こらないか、心配だったのだろう。

――そういうのも、もしかしたら大変だったのかもしれないな。

夕食の時の、早く離婚したい発言を思い出してそう思う。

見守りなんていらないと私が言っても、それはそれでアルバート様の気がすまないに違いない。

「……いつも、本当に通りがかっているだけだ」

アルバート様が気まずそうに目を逸らす。嘘《うそ》が下手にも程がある。

「……そして誤解があるようだが、私は夜、基本的に執務をしている。断じて普段、夜は君の部屋に近づいてはいない。ただ今回ここにいたのは……単純に君の様子が気になったからだ」

「様子？」

「夕食の途中から、急に元気がなくなったのではないかと……」

驚いてアルバート様の顔を見ると、彼は心配そうな眼差しでまっすぐこちらを見ていた。

まさか私の感情の動きに気づいているとは思わなかった。あのアルバート様が。

「……ありがとうございます。でも何でもないんです。ええと……ハンバーグが美味しくて、無くなるのは悲しいな、と……」

「……なんだ、そうなのか」

アルバート様がほっとしたように息を吐き「ならば次は大きいものを用意させよう」と言った。

あ、納得するんだ。……納得しちゃうんだ……？

若干の侘《わび》しさと淑女としての危機感を感じつつも、アルバート様が気づいてくれたことは純粋に嬉しい。

「……旦那様って、本当に優しいですね。気にかけてくれて嬉しいです……」

しみじみとそう思う。少し不器用だけれど、アルバート様は誰よりも優しい。

私がそう言うと、アルバート様は一瞬息を呑《の》み、ブランデー入りの紅茶を一気に飲み干した。

アルコールのおかげだろうか。

アルバート様は先ほどの強張った表情からどことなく柔らかな表情となり、リラックスし始めたように見える。

「……これは何だ？」

サイドテーブルに置かれた二つの小瓶を手に取り、アルバート様が言った。

「これはゴドウィンからもらったものですよ。これを爪に塗ると、爪が色づくんです！　素敵ですよね？」

「…………彼か」

「はい。何年も前にゴドウィンに、爪を色づかせるものがあればいいのに、と言ったことを覚えていてくれて。それで作ってくれたんです。これは私の人生で三本の指に入るほど嬉しいプレゼントでした」

ちょうどあの時は王都に来たばかり。久しぶりに再会した友達にもらったものだから、余計に嬉しかった。

「……私も、君に欲しいものを言われたら何でも贈る」

「えー！　嬉しいです！　ああでも、今のところ欲しいものはないかなあ……うん、ないです！」

なんといっても今の私はお小遣いでお金持ちだし、毎日美味しいものを食べてるし。

何より、今現在も愚かな私に付き合わされているアルバート様にこれ以上何かを強請っては、強欲が過ぎるというものだろう。

「そういえば、旦那様の心に残ったプレゼントってありましたか？」

「プレゼント……」

何故かまた瞳のハイライトが消え始めていたアルバート様にそう尋ねると、彼は少し間を置いて

「……非常に印象深いものがある」と言った。

「非常に斬新で精巧な力作だったが……精巧すぎて、はじめは嫌がらせなのかそうではないのか判別がつかなかった」

「そんな……」

ひどい話だ。

嫌がらせかどうか判別がつかないようなものを、普通の人間は贈らない。十中八九嫌がらせだろう。

それなのに嫌がらせじゃないかもしれないと思うアルバート様が健気で、私は少し目頭が熱くなった。

「嫌がらせかどうかわからないものは、宝物庫にでも放り込んでおきましょう？」

「いや……今は、宝物なんだ」

そう言って寂しそうな、嬉しそうな顔でアルバート様が笑う。

なんて不憫《ふびん》なのだろう。そのうち私もアルバート様に、どこからどう見ても喜ばせるために贈ったものだとわかるプレゼントを、贈ってあげよう。

私がそう決意していると、アルバート様が少しだけ複雑そうな顔で、灰色の方のマニキュアを手に取った。

「……女性が身につけるもので灰色とは、珍しい気がするな……」

「あ、そうですよね。ちょっと地味な色なんですけど……」

なんせ私の地味な目の色に合わせて作っただろうものなので。そう言おうとした時、アルバート様が口を開いた。

「私はこの色が好きだ」

アルバート様が何かを好きと言ったのは初めてで、私は驚いてアルバート様の顔を見た。マニキュアに視線を落とす彼は、とても優しい顔をしていた。

「この色は、君の瞳の色だから」

何でもないように言うその言葉に、病気かと思うほど心臓が跳ねた。

頬が一気に熱くなり、誤魔化すように大声を出す。

「そ、それは……！　好きなものができて、良かったです……！　よくある色ですからね！」

まあ灰色は確かに私の瞳の色でもあるけれど、今の季節の空の色でもある。なんていうかよく見る色だから、見慣れて愛着が湧いたのかもしれない。サブリミナルというやつか。いや違うな。

「ほ、他に好きなものはありますか？　気になるものとか！」

「……他には、ない、が。以前よりも世の中に、ずっと興味を持てるようになってきた」

「それは……すごく、素敵なことですね」

「君のおかげだ」

いつもより饒舌《じょうぜつ》なのは、お酒が入っているからだろうか。

「……君が好きそうなものを見つけると、君に見せたいと思う」

アルバート様が目を伏せて、そんなことを言う。

「……いや。好きそうなもの、ではないな。何を見ても君はこれが好きだろうかと考え、好きになってくれたらいいのに、と思う。そして君に見せたいと」

「……それは、私も一緒です」

「一緒？」

驚いたように目を見開くアルバート様に頷く。

「私も最近、いいなあって思ったものや美味しいものを食べると、旦那様に見せたいな、一緒に食べたいなって思うんです。そして旦那様も、好きになってくれたらいいなって」

「……！　そ、そうか……」

一瞬驚いた彼は跳ねるように顔を上げ「一緒か……」と呟いた。

「……君に好きになってもらえるものは、幸せだろうな」

気恥ずかしい雰囲気が漂って、私は「そうだ！　ドミノしましょう！」と言ってチェス駒を取り出した。かっこよさにつられて買ったものの、ルールがよく理解できないまま埃《ほこり》をかぶっていたのだ。

「……ドミノ？」

「この駒を並べて倒すと……ほら、流れるように倒れてい……かない？」

悪戦苦闘する私に、アルバート様が呆《あき》れたように笑う。

その顔があまりに優しくて、もう少しこの時間が続けばいいのにな、と思った。

目が覚めると、目の前にアルバート様がいた。

「…………？」

「……起きたのか」

アルバート様が少し寝ぼけたお顔で、そう言った。

いつもよりも幼い表情に『この顔天使だな……』と冷静に思った。しかし何があってこうなったのか、全然理解ができない。

なぜ私のベッドにアルバート様が寝ていて、私は彼の服の袖を掴んでいるのだろうか……？

昨日は、ホラー小説を読んでお茶を飲んで……、友情を深め合い、ドミノを始めて。集中しつつもお茶を飲んだら、それはアルバート様に淹れたお代わり分のブランデー紅茶で。

それを飲んだら急に眠気がきたところまでしか覚えていないけれど……迷惑をかけたことだけは予想がつく。

謝ろう。これは土下座しかない……そう思って息を吸ったその時、不意にアルバート様の手が伸びて、私の髪をさらりと撫《な》でた。

「――……今日は、随分と本物みたいだな……」

「ほっ……本物ですが……？」

「………………!?」

ガバッ!!　と、アルバート様がすごい勢いで起き上がって後退《あとずさ》り、ベッドから落ちた。

え、何事!?　と私が焦っていると、アルバート様が顔を真っ赤にして慌てふためいている。

「えっ、ちょ、ちょっと、旦那様!?」

「………………すまない、寝ぼけていたようだ……」

両手で顔を覆い、絞り出すようにアルバート様がそう言う。

しかし多分、悪いのは私である。

「……私の方こそ、本当に申し訳ありません……！」と深々と土下座した。


部屋に戻る前に、せっかくなので昨日窓の外に吊《つ》るしておいたサンキャッチャーをアルバート様に渡すことにした。

窓を開けると冷たい空気が肺を満たして、やっちまった感いっぱいの体が洗われるようだ。背伸びをして、窓の外に吊るしたサンキャッチャーを外す。

「これをですね、旦那様のお部屋の窓に吊るしてくださいね。感受性が豊かになるかもしれないです！　何より綺麗《きれい》ですし！」

お詫《わ》びを兼ねて手渡すと、まだ先程のショックが抜けない様子だったアルバート様が、嬉しそうに頬を赤らめて受け取った。

「……ありがとう」

こんなに喜んでくれるなんて、健気にも程がある。

完全好意で何かを貰うのが初めて……いや、前に私がクッションを贈っているから、二度目なのかもしれない。

以前はこんなに喜んではなかったけれど……あの時よりもアルバート様の感情が、豊かになってきたということだろうか。本当に良かった。

思わずほろりときてアルバート様から視線を逸らすと、いつもは見ないようにしていた場所が目に入った。

「あれは……」

以前、手をつけてはならないと言われた雑木林だ。庭園でちらっと見るくらいではわからなかったけれど、鬱蒼《うっそう》と茂る木々は、何か大きな石碑のようなものを取り囲むように、守るように生えているようだった。

「どうかしたか？」

「……いえ、あれは何かなーって……」

入ったら呪われるスポットだったらどうしよう。そう思って引き攣《つ》っていると、アルバート様が「あれは」と一瞬躊躇って、口を開いた。

「……先代と、先代の夫人が眠っている場所だ」

なるほど、お墓か……！　確かにお墓は手をつけてはいけない場所だ。呪われスポットかもなどと、失礼な勘違いをしてしまった。

安心した私は「高貴な方は、敷地内にお墓があるんですね」と息をつく。

国教であるミルム教の教えにより土葬が一般的な我が国は、お墓の場所に結構うるさい。墓地として認定された場所以外に埋葬するのは大変だ。

自分の屋敷の敷地内に埋葬するというのは、かなり珍しいと思う。

「先に亡くなった夫人から、先代は片時も離れたくなかったのだそうだ。……夫人は、生家の墓に入りたがっていたらしいが」

「……そうだったんですね……」

ミルム教では、亡骸が土に還ったとき、死後の世界で生前と同じように生活できると説かれている。

そして前世の日本のように、家族は一緒のお墓に埋葬されることが多い。私は日本のお墓を見たことがないからまるきり一緒とは断言できないけど、とにかく大体同じスペースに埋葬される。

一緒の場所に埋葬されると、先に埋葬された人が死後、後から埋葬された人を迎えに来てくれると信じられているのだ。

実際違う人間に生まれ変わり、こうして新しい人生を歩んでいる私としては、死後の世界が今の自分の延長線上にあるとは思わない。

思わないけれど、そう信じている人には……誰と一緒に眠るかは、とても大切なことなのだろう。

黙ったままお墓を眺めるアルバート様の袖を、少し引っ張る。

「……お腹が空いちゃいました！　朝ごはん、食べに行きましょう？」

「……ああ」

私がそう言うと、アルバート様は少し目を見開いて、ふっと笑った。

こうしてずっと、笑っていて欲しいな。

これからのアルバート様の人生には、温かくて優しくて綺麗なものだけがあってほしい。大好きな人に巡りあって、その人もアルバート様のことが大好きになればいい。

そう思うと不思議と少しだけ胸は痛むけれど、でも。本当に、心からそう思う。


そうして、数日後。

「やあ！　随分と貴重な品を王家に寄贈してくれるそうじゃないか」

王城についた私とアルバート様を、殿下が満面の笑みで出迎えてくれた。


事の発端は、私のせいだった。

先日の私の怖がりのせいで一晩私の部屋にいる羽目になったアルバート様は、二度とこんなことが起きてはならないと考えたらしい。

図書室のホラー小説の近くにコメディ系の小説を大量に仕入れ、屋敷中の明かりを三倍に増やし、夜勤も可能な女性の騎士を数人雇い入れた。

「君がこの屋敷にいる間は怖がらずに済むように、他にあった方が良いものはあるか？」

そう真剣な眼差しを見せるアルバート様に、私は穴を掘って頭の先まで埋まりたくなった。これほど恥ずかしいことがあるだろうか。

二度とホラー小説は読まないので、是非とも許してもらいたい……と思ったけれど。ふとあることを思い出した私は良い機会かもと恐る恐る気になっていたことを口に出したのだ。

「宝物庫の中の絵を、どこか別邸に移したりとかは……」

「……君はこの屋敷にあれがあると、怖いか？」

ちょっと躊躇って、曖昧に頷く。宝物庫に入ることもないし、本当は怖くないのだけれど。

最初はこじれた趣味だなあ、と思っていたあのおどろおどろしい絵画たち。

しかし今思い返すと情緒を失ったアルバート様に、趣味などなかった筈で。

それをわざわざ残して飾っていた理由を考えてみたけれど……考えれば考えるほど、嫌な予想しか浮かばない。

私の予想が当たっているのなら、あれはアルバート様の住むこの公爵邸にない方が良いんじゃないかな、と、お節介ながら思ったのだ。

「旦那様の趣味なら自室に飾って頂きたいのですけれど、しまっておくのは勿体無《もったいな》いかなと……」

しまいこんだ人のせりふじゃないなと、自分でも思う。

しかし仏のアルバート様は一瞬躊躇いを見せたものの、すぐに「手放そう」と断言した。思い切りが良すぎて驚いた。

とまあ、そんなこんなで、あの絵画たちは王家に寄贈されることとなったのだ。

「それにしてもアルバートがあの絵を手放すとは思わなかった。……なあ、ルラヴィ」

「ええ、本当に」

持ってきた絵画たちを鑑定してもらっている間、私たちは殿下のお部屋でお茶をすることにした。丁度遊びに来ていたルラヴィ様も一緒である。

「ヴィオラ夫人があの美術品を全て宝物庫に押し込んだと聞いた時も驚いたが……ヴィオラ夫人が来て、随分良い方向へ変わったものだ」

殿下やルラヴィ様の反応からして、私の予想は当たっているのだと思う。

宝物庫にしまっていたあの絵画たちは、多分フィールディング公爵家の悲劇を描いたものなのだ。

「……それより、ヴィオラ夫人。爪の色が不思議に美しいが……それは？」

「ああ、これは私の友人のゴドウィンという髪結師が開発したマニキュアというものです」

灰色に塗った爪をよく見えるように差し出す。

「ほう……」と殿下が興味深そうに見つめ、私が差し出した指に手を伸ばした。

……のだけど、殿下が私の指に触れる前にアルバート様が私の手を取った。

「!?」

全員が驚きにアルバート様の顔を見つめて、彼は気まずそうに目を逸らした。

「……ほら、アルバート。あの時私が言っていたこと、当たっていたでしょう？」

「……ああ」

呆れ顔のルラヴィ様に、アルバート様が若干気恥ずかしげに頷く。何が当たっていたのかものすごく気になるけれど、それ以上にこの手は……どうすれば良いのだろうか……。

そんなそわそわと一人で赤くなったり青くなったりしている私に、殿下はニコニコと生ぬるい眼差しを向け、こほんと一つ咳払《せきばら》いをして「ゴドウィンとは確か、高名な髪結師だったな」と言った。

「私に紹介してくれないか。頼みたいことがある」

「かしこまりました」

それから軽く談笑した後、話は全く進展の気配がないらしい捜査の話題に移った。

「……あの女、どうかしているふりをして相手を選んでいるところが、私は本当に大嫌いだわ」

そう吐き捨てるように言うルラヴィ様は、ずっとアルバート様を好きなふりをしていたらしい。

公爵夫人はアルバート様が誰かから愛されることも異常に嫌うので、ルラヴィ様がアルバート様を好きな演技をしたら、ルラヴィ様に夫人の攻撃の矛先が向くと思ったのだと。

私に嫌味を言ったのも、私が実家の両親や公爵やゴドウィンに告げ口をすれば、ルラヴィ様が嫉妬に駆られて嫌がらせをしているのだと示せると思ったのだそうだ。

「私を少しでも害したら、さすがの陛下も本腰を入れて捜査をせざるを得ないと思ったのに」

「無駄な努力とは言わないが、公爵夫人がルラヴィを害することはないだろうな」

二人の会話に居た堪れない気持ちになる。

思わず握られたままの手をきゅっと握り返すと、アルバート様がハッとこちらを見た気配がした。

「…………」

さすがに顔は見られずにいると、アルバート様が握った手に力をこめる。

その時鑑定の終わりを告げる従僕の声が聞こえて、ハッと我に返った私はパッと手を離した。

今、完全に少女漫画の世界に入っていた。しかもよりによってアルバート様が相手のアオハルだ。この身の程知らずの壁の花系小娘が……。

恥ずかしさに舌を嚙み切りたい気持ちを堪えていると、唐突に殿下が私に目を向けて、「ヴィオラ夫人も宝物庫の中に入ってみないか？」と言った。

どうやら持ってきた絵が、このまま王城の宝物庫に運ばれるらしい。宝物庫を開ける機会は滅多《めった》にないので、一緒に行かないかというお誘いだった。

「いいんですか⁉」

思わず目を輝かせると、殿下は「もちろんだ」と頷いた。

「ヴィオラ夫人にはたくさん借りがあるからな。心ばかりの礼だ」

絵の持ち主はアルバート様だし、私個人に限ってはむしろ借りっぱなしだと思うのだけど、なんと心優しい王太子様なのだろう。

「嬉しいです！　なんて素敵なプレゼントでしょう！　すごいことですね、旦那様！」

「……そうだな」

先ほどの羞恥も忘れて浮かれだす私と対照的に、アルバート様はどことなくしょんぼりして見えた。どうしたのだろうかと顔をまじまじ見ると、「私も初めて入る」とぎこちなく笑う。

「初めて！　私と一緒ですね。二人で見られて良かったです」

アルバート様なら見ようと思えば見る機会がありそうだけれど、きっと私にはもうそんな機会ないもんね。

「……ああ、良かった」

そう言ってアルバート様が、ちょっとだけ微笑んだ。


わくわくとした気持ちで足を踏み入れたそこは予想以上に素晴らしい場所だった。

まず、すごく広い。広い空間にお宝が詰まっている。

右を見ても左を見てもキラキラだ。冗談みたいな大きさの宝石がついた王冠やアクセサリーや用途不明の素敵なものたちが、一つ一つ大切に飾られている。

そして壁には美術館のように絵がたくさん飾られていた。

見たことがない絵ばかりだけれど、きっと多分すごい絵なのだろう。

「自由に見てくれ。何か好きなものがあれば、一つ持って帰ってもいい」

そんなとんでもなく太っ腹なことを言い出した殿下は、ルラヴィ様と一緒にゆっくりと絵を見ている。

私には聞き取ることすら難しい作者名やタイトルや隠された意味なんかを話している二人は、教養がすごい。

芸術は全てフィーリングで受けとめるしかない無教養な私は憧れの眼差しで二人を見ながら、アルバート様と一緒に見て回る。

そうして見て回っている内に部屋の隅に、飾られることはなく壁に立てかけられた——それも何故か布をかけられた、小さな絵を見つけた。

「……？」

普段なら怖いから、絶対にスルーするけれど。

だけど今回は隠されているらしい絵が気になって、絵に触れないようにそうっと、かけられた布を取った。


それは女性の肖像画だった。

さらりとした銀髪に、冬の海のような青い瞳。儚く微笑むその人は、とても美しい女性だった。

色彩も顔立ちも、とても見覚えがある。

——アルバート様に、そっくりだ。

ハッとして横にいるアルバート様を見つめると、彼も真っ直ぐにその絵を見ていた。

どうしても会いたい人に会えたような、絶対に会いたくない人に会ってしまったような表情で。

「……アルバート」

いつの間にか近くにやってきた殿下が、アルバート様に静かな声をかけた。

その絵からは目を離さず、妙に静かな声でアルバート様は口を開いた。

「残しておいてくださった、のですね」

「ああ」

私は二人の会話を聞きながら、その肖像画に視線を向けた。

――アルバート様に対して、たくさんある疑問の中でも特に不思議だったことがある。

殿下が語る思い出話の中の夫人は、アルバート様のことをとても愛してらっしゃるようだった。

そしてそれを語る殿下の声音には、隠しきれない憧憬が含まれていた。

もう戻らない人を、懐かしむような口調で。

「……ヴィオラ」

「はっ、はい」

急に名前を呼ばれて、思わず背筋を伸ばす。アルバート様のお顔を見ると、彼は何かを諦めたようなすっきりした顔で口を開いた。

「これは、私の母だ」

何も言えずに頷くと、アルバート様はこちらが切なくなるくらい優しく笑った。

「私が五歳の頃に亡くなった。母上――公爵夫人がおかしくなったのは、それからだ」

は、と短く息を吐いて「君に言えなかったことを、今話したい」と言うアルバート様に、しっかりと頷く。

そうしてアルバート様が話し始めたのは、想像以上にむごい公爵様の行いだった。

◇◇◇

「母さま！　あのね、今日は王城にいくんだけど……王城には母さまの好きな薔薇《ばら》が咲いてるし、きれいなものもたくさんあるよ。――ぜったい母さまって呼ばないし、僕が守ってあげるから、今日こそはいっしょにいこう？」

「まあ、素敵ね」

そう言って母は、優しくアルバートの頭を撫《な》でた。

「でもね、母さまは行けないの。父さまと、……母上と行ってきて、母さまにどんな素敵なものがあったのか教えてちょうだい」

「……わかった！」

公爵夫人――父から母上と呼ぶように言われている――じゃなくて、一度でいいから母と出かけてみたかった。

きれいなものを、たくさん見せたかったのに。

だけど「楽しみにしててね」とにっこり笑った。アルバートが悲しい顔をすると、母が悲しむことを知っている。

ありがとう、と微笑んだ母がアルバートを強く抱きしめた。

母はずっと屋敷の中にいた。側にはいつも、父がついていた。

外は母にとってとても危険なのだそうで、父はたまの外出の時は本当に辛そうに母を置いていき、公爵夫人を伴った。今日のように、アルバートを連れていくこともあった。

出かける時、父は必ず同じことを言う。

「いいかい、アルバート。母さまのことは誰にも内緒だ。絶対に誰にも言ってはいけないよ」

「でも父さま。殿下とルラヴィは知ってるよ。それから陛下も……」

彼ら二人と、それから国王陛下。その三人と、父があらかじめ了承したごく一部の供だけは、公爵邸を訪れることも母と会うことも許されている。

「あの二人は良いんだよ。私と母さまを引き合わせてくれたお家の子だし……アルバートがお友達と遊んでいる姿をどうしても見たいというのが、母さまからの唯一のお願いだから……」

不本意そうにため息を吐く父は、「ああ、行きたくない」と呟いた。そんな姿を、公爵夫人はいつも困ったようにたしなめる。

しかし今日は、随分と憂鬱そうに窓の外を見ていた。父はそんなことに全く気づかないようだけど。

公爵夫人はアルバートの外での母親だ。とても怖くて、時折優しい。

……ルラヴィや殿下のお家では、母さまじゃない人を母と呼ぶことはないらしい。それに、母さまとも一緒にお出かけをする。

自分の家は、ちょっと変わっているのかもしれない。

そんな違和感を抱えながらも、はっきりと自分の家が異常なのだと気づいたのは、母が亡くなった時のことだった。


母が亡くなったのは、王城を訪れた数日後。

父が遠方の領地に視察に向かったその日の夜だった。

アルバートが寝ている深夜、母は階段から落ちたのだという。

その場にいた公爵夫人が大声で人を呼びながら必死で介抱したそうだけれども、助からなかった。

棺の中で眠る母の指先にそっと触れてみる。冷たくて固く、まるで冬の日の石畳のようだった。うまくまわらない頭で、とにかく何か温めるものを探そうとして振り返ったアルバートは、ヒュッと息を吞んで固まった。

目の前にいたのは、全身泥だらけで震えながら目を血走らせて母を見つめる父だった。その後ろにいる公爵夫人が、父の背に手を伸ばして――。

「触るな！」

怒号が飛ぶのと、乳母である侍女長が咄嗟《とっさ》にアルバートを抱きしめて、目を塞ぐのは同時だった。

しかしながら聞こえてくる怒号や罵声、父を必死で止める執事や騎士の大声や、公爵夫人の悲鳴は耳の中に入ってきた。

「お前だろう！　お前がセレニアを……！」

「閣下！　落ち着いてください、ヘレナ様はっ……！」

「うるさい！　黙れ！　何故セレニアを！　……ただの替え玉が、本物にとってかわれるとでも思ったか！」

父は錯乱し、棺に取《と》り縋《すが》って泣き続けた。

国教の敬虔《けいけん》な信徒である父は、最大の禁忌である自死ができなかった。

アルバートのことは侍女長と公爵夫人に一任するとだけ言い、自分はこれまで以上に屋敷に――いや、自室に引きこもった。母の眠る棺と共に。

それから間もなく、アルバートは六歳の誕生日を迎えた。六歳になったその日、彼に与えられたものは、公爵夫人による『教育』だった。

そこから十四歳を迎えようとする日まで。彼に与えられるものは、それしかなかった。


「……セレニアの侍女が盲目になったと聞いた」

父がそう言い出したのは、アルバートがじきに十四を迎える頃だ。

何年も前の話を、今更か。そう思いつつも、随分久しぶりに父の顔を見る。

――八年の月日を経て、ようやく少しだけ現実に帰ってきたのだろうか。なけなしの理性は全て仕事に向けていたようだが、近頃はアルバートが仕事を肩代わりし始めた分考える余裕ができたのか。

生気のない濁った目をアルバートに向けた父は、悔やむようなため息を吐いた。

「……ヘレナをあそこまで追い詰めてしまったのは、私のせいだ」

「……母上に、何をなさったのですか」

皆言葉を濁していたことを尋ねると、父は言いにくそうにポツポツと呟いた。

この年になれば、ある程度のことは推察できていると思ってはいたが――語られる内容はおおよそ予想通りで、しかし想像以上にむごいものだった。

アルバートの母であるセレニアは、当時十五歳の王太子だった現在の国王陛下と、女奴隷との間に生まれた庶子だった。

奴隷に手をつけたことが知られては外聞が悪い。ゆえにその子どもはアッシュフィールド公爵が管理している修道院で育てられることとなった。

それから十五年ほど経ち、既に即位していた国王は、なかなか子供に恵まれない。

ある程度の才覚があるのならば奴隷の子でも仕方ない、とセレニアを王城に呼び寄せた。

その場にいた父は、その時初めて恋をした。誰の目にも触れさせたくないほどの恋だった。

そこにいたのがアッシュフィールド公爵と、国王だけだったのは幸いだ。このまま存在を隠し通すことができる。

渋る国王をなんとか説き伏せ、交渉の末にセレニアを手に入れることになった。

そうしてその日のうちに一緒に暮らし始め、しばらくしてセレニアはアルバートを身籠った。同時に国王も子どもを授かったのでホッとした。後継で揉《も》めることはないだろう。

しかし一つだけ、問題がある。

彼女をけして人目に触れさせたくなかった父は、対外的に独身で通していた。

彼女を妻として知らしめれば、数多《あまた》の人間の目に触れさせることになる。王族の血を引くならば尚更だ。避けたいが、生まれる子どもは自分の後継となるため、母親は公表しなければならない。

悩んだ末に、あることを思いついた。

――似たような髪色と瞳を持つ娘と結婚し、母親役にすれば良いのだと。

そうして父は銀髪の貴族令嬢を探し、公爵夫人――ヘレナを見つけた。求婚し、急いで婚姻を結んだ。

愛されて望まれて結婚したと思ったヘレナは、夫から愛人の子の母親役を演じてほしいと言われて絶句した。

誇り高い彼女はおそらく馬鹿にするな、と言いたかっただろう。しかし財政難の夫人の実家に、縁続きになるのだから、と手土産として公爵家から鉱山の所有権が譲渡されている。それから半永久的な支援も。どうあっても離縁はできず、公爵の要望を受け入れるしか道はなかった。

そこから夫人は、アルバートの母親役と社交だけをこなしていた。

そして母が亡くなった日。父にあらぬ疑いをかけられ罵倒され、心を壊してしまったのだ。

父が語り終えると、重い沈黙が部屋に広がった。

「……お前も、私を恨んでいるだろうな」

「いいえ」

心底おぞましいと思っているだけだった。父のことも、自分のことも。

「……お前もヘレナと一緒に暮らすのは、辛いだろう。私はヘレナを連れて領地へ移る。これ以上揉め事を起こされるわけにはいかない。セレニアのことは、絶対に誰にも知られてはならん。未婚の王族は王城の墓に入らねばならないからな。私は、南の領地で最期を迎える。……その時セレニアも、ようやく土に還れるだろう」

こんな時でも、やはり父の考えることは母の……いや、自分のことだけだった。

「……お前も、いつか人を愛したら父さまの気持ちがわかるさ」

冷ややかな目線を受けて、気まずそうに微笑む父がそう言った。

「……そんな日は来ないでしょうね」

私は、あなたのようにはならない。

軽蔑と一緒に思いを込めて、アルバートは父を見た。

——近々公爵邸を離れ、幸せな未来を歩んでいく彼女に話すべきではなかったかもしれない。

「ひどい……」

全てを聞き終わったヴィオラが、小さな声で呟いた。

「……父だけじゃない。屋敷に飾っていた絵も、全て公爵家による歴代の被害者たちがモデルになっている」

その加害者の血は、自分にも流れている。

以前誰かを好きになりたくないと言った、あの言葉の真意はこれだ。

「……公爵夫人は、お辛かったのだとは思います。正直私は、公爵様が怖いです。どうしてそんなにひどいことができるのだろうか、と……」

だけど、とヴィオラが少し声を震わせた。

「何もしていない、傷ついている小さなあなたを徹底的に傷つけたことは、絶対におかしいです。たとえ世界中の誰もが……たとえ旦那様が許そうとも、私は夫人も公爵様も、何があっても絶対に許すことはできません……！」

毒を盛られて生死を彷徨ったにもかかわらず、彼女はアルバートを慮っている。

その優しさに浅ましく救われている自分を自嘲し、優しさに甘えて幸せを望んではならない、と自身を戒めた。

青褪《あおざ》めたヴィオラは震えている。気丈に振る舞っているが、アルバートのことも怖いのかもしれない。無理もなかった。

辛いが——当然のことだ。

これから彼女が公爵邸を出る日まで、なるべく距離を置いて陰から見守ろう。

そう決意するアルバートに、耳を疑うような言葉が聞こえた。

「——……そして旦那様は、お母様にとても愛されていたんですね」

「え？」

「ならばやはり、旦那様は幸せにならなければ」

全く予期していなかったセリフに思わず顔を上げた。

泣きそうな表情のヴィオラが、無理に作った微笑を浮かべている。

「何も願わなかった……もしかしたら願いたくなかったお母様が唯一なさったお願い事は、旦那様とお友達が一緒に遊ぶ姿を見ることだったのでしょう？　楽しそうに笑っている姿を見ることが願いだなんて、本当に美しい愛情だと……私は思います」

そこまで言って、ヴィオラは母の肖像画に目を向けた。

「……愛された分幸せになることは、愛された者の義務だと。私はそう、思うんです」

困惑した。

そんなことを考えたことは一度もない。

自分が母に宿ったことで、たくさんの人が不幸になった。

もしもアルバートがこの世に存在しなかったら、少なくとも侍女長や公爵夫人が不幸になることはなかっただろう。

ヴィオラも自分のような男の元に嫁ぐことなく、毒に倒れることもなかったはずだ。

自分を庇《かば》おうとしたハリーの背に、消えない傷跡が刻まれることもなかっただろう。

けれど、確かに母は。思い出の中の母は、いつもアルバートを見ては『生まれてきてくれてありがとう』と幸せそうに笑っていた。

『あなたがずっと幸せで健康でいてくれることが、母さまの望みよ』と。

もう十数年、思い出すことのなかった記憶だった。

「――とはいえ、何を幸せと思うかは人それぞれなので！　まずは旦那様の幸せ探しをしなくちゃですね！」

そう言って笑う姿にたまらなくなって、ヴィオラをふわりと抱きしめた。腕の中のヴィオラが石像のように硬直し、「なななな」と声を出した。

「――幸せなら、もう見つけてる」

囁《ささや》くと、ヴィオラがびくりと震えた。

「だから少しだけ、こうしていてもいいだろうか」

喉元に込み上げる熱いものを必死で飲み下すと、声が震えた。

息を呑んだヴィオラは数秒沈黙したあとかすかに頷いて、遠慮がちにアルバートの胸に顔を押し付けた。

色鮮やかな幸福がアルバートの世界を砕いて、眩《まぶ》しさに息もできない。

彼女の体温や香り、髪の先から指先まで全てが愛しくてたまらなかった。

手放せない。手放したくない。君の側にいることを願って、努力しても良いのだろうか。

君が逃げたくなった時には、絶対に手を離すから。

そう思って抱きしめる腕に力を込めると、腕の中のヴィオラの体温が上がった気がした。

◇◇◇

「――完全に二人の世界だったわね」

「なんというか、こちらの方が恥じらってしまったな……」

アルバートがヴィオラを抱きしめた瞬間、ルラヴィとエセルバートは空気を読んで急いで宝物庫の外へと退出していた。

「それにしても……私たちが何年かかってもダメだったことを、あっという間に成し遂げるなんて」

「ヴィオラ夫人は一度も逃げずに、ただ目の前のアルバートと向き合っていたからな」

それは……確かにそうなのだろう。

ヴィオラは目の前のアルバートを見て、まっすぐに接していた。

純粋で優しい。眩しいくらいに素敵な女性だと、ルラヴィも思う。

だからこそ、暗い気持ちで口を開いた。

「……そして殿下は、そんなヴィオラ様を利用したのでしょう?」

ルラヴィの言葉に目の前のエセルバートは、何も答えず、感情の読めない微笑を浮かべた。

綺麗事では何も守れない。そう思っているのだろう。

――もう、あの日の殿下はいないのだ。弱気で、優しくて、泣き虫だったあの少年は。

快活で明るいアルバートがいないのと、同じように。

——私も、そうなのでしょうけれど。

もう戻れない時間を懐かしんでいると、キイ、と音を立てて宝物庫の扉が開き、アルバートが一人で出てきた。

「お気遣い頂きありがとうございました」

そう言うアルバートの表情は、どこか懐かしい晴れやかな表情をしていた。

「お前……そんな別人のように満足気な顔をして……。ヴィオラ夫人は？」

「少し瞑想《めいそう》をしたいと。宝物庫の中に一人ですが……構いませんか」

「もちろん」

アルバートに生温い微笑を送りながら、エセルバートが頷いた。

「随分吹っ切れた顔をしている。何か覚悟が決まったようだな」

「彼女が倒れた時点で覚悟は決まっていましたが。……そうですね。私自身のために、もう全てを終わらせようと思います」

そう言うアルバートの顔は穏やかだった。

そんなアルバートに、エセルバートは目を細めて微笑んだ。

◇◇◇

最近の私はおかしい。

朝食の時間だ。食堂の扉に手をかけて、緊張を逃そうとため息を吐く。

そろそろと扉を開けると、アルバート様はすでに席についていた。

「……おはよう」

私を見たアルバート様が一瞬顔を輝かせて、はにかむように笑った。

耐えきれず、扉を閉めた。

なんということでしょう。あそこに光り輝くイケメンがいらっしゃいます。背景には花が咲き乱れる幻影が。

「……どうした？　どこか具合が……」

「……！」

アルバート様が扉を開けて、心配そうな顔を見せた。

ぶんぶんと勢いよく首を横に振る。ホッとしたように眉を下げた彼が、私に手を差し出した。

つい手を乗せると、アルバート様の指先が優しく私の手を包む。

「一緒に、食べよう」

ちょっと照れくさそうなその顔に、心臓がギュンと聞いたことのない悲鳴を上げた。

図書室でぼんやりと書きかけの手紙を眺めながら、私は自分の不安定すぎる情緒に困り果てていた。

先日——王城の宝物庫で、アルバート様は公爵様がなさったことについて話してくれた。

淡々としていたからこそ、痛ましかった。アルバート様も、二人の女性も。

だけど何より、自分を加害者の一人だと信じているのだろうアルバート様が悲しかった。

誰よりも幸せになってほしい。そう思って必死で言葉を尽くしたら、彼はとんでもない奇行に走った。私を抱きしめたのだ。

あれはいけない。よろしくない。アルバート様からしたら落ち込んでいたところ、ペットのたぬきが慰めに来てつい感極まった。……くらいの気持ちだったのだろうけど。

私はアルバート様に抱きしめられてから、頭の中がアルバート様でいっぱいになっている。

寝る前まで思い出して、顔を見たら恥ずかしくて。

これではまるで、恋をしているみたいじゃないか。

「こっ……」

ガンッ！

テーブルに頭を打ちつける。

ジンジンと痛む額もそこそこに、『私は今一体何を……』と呆然《ぼうぜん》とする。

するといつの間にか本棚の陰にいたらしいアルバート様が「何をしているんだ」と慌てて寄ってきた。

「赤くなってるじゃないか。……ほら、見せて。薬を塗ろう」

そう言って、心配そうに眉根を寄せた彼が私の額を覗き込む。

アルバート様の匂いがふわっと香って、私は抱きしめられた時のことを思い出した。

耳に響く掠《かす》れた声だとか、背中が広くて、手が大きいことだとか。

恥ずかしいと同時に、なぜか嬉しかったことだとか。

ぶわわっと一気に頬が熱くなると、どこから取り出したのか私の額に軟膏《なんこう》を塗るアルバート様の手が止まった。

「熱い。……顔も赤いし、やはり体調が悪いんだろう」

「い、いやこれは」

「隠さなくてもいい。最近どこか様子が変だと思っていたが……今日はもう、休んでくれ」

「ひ、日当たりが良すぎるのかもしれませんね！　それに、ええと……手紙も書かなきゃで、これ書いたらお部屋に戻って休みます……」

集中したいからどこかに行ってくれと暗に仄《ほの》めかすと、アルバート様が「手紙……」と呟いた。

「……ゴドウィン・ラブリーか？」

「そうです。先日殿下からお預かりした手紙を送ったのですが、そのお礼の手紙に近々こちらに来たいとあったので、その返事を……」

「そうか」

アルバート様が微笑んだ。どことなく違和感のある微笑みに、二人の不仲をハッと思い出す。

「あの、もしも公爵邸に招くのがお嫌でしたら私がゴドウィンのところに……」

「嫌じゃない、ぜひ呼んでほしい」

アルバート様がものすごく慌ててそう言った。

「でも……」

「本当に嫌じゃない。……ただ、彼は君と仲が良いだろう」

「確かに仲は良いですけど……」

だから何だろう。困惑してアルバート様の顔を見ると、彼は少し寂しそうに笑って「……ただの嫉妬だ」と言った。

「しっ……!?」

「だから君が気にすることじゃない。それより、まずは休んだほうがいい。手紙は後からでも書けるだろう？　少し休んで、体調が良くなってから書いた方がきっと……彼も喜ぶ」

有無を言わさない口調でアルバート様がそう言って。

頭の中がいっぱいいっぱいになった私は、カクカクと頷いた。

情緒以外はすこぶる健康な私は、昼間からベッドに入っても寝られるわけがなく……はないけれど、悶々とアルバート様のことを考えていた。

もしかして。本当にもしかしてだけど。

アルバート様は、私を好きなのではないだろうか……？

そんな馬鹿げた考えが浮かんで、慌てて首を振る。

すみれの砂糖漬けのように可憐《かれん》な男が、大福もちを好きになるわけがない。

いやでも正直、アルバート様って趣味が悪いし……。

ベッドにあのダサいクッション飾るくらいだし……。

大体もしも私を好きじゃなかったら、彼は好きでもない女を抱きしめた挙句、嫉妬という言葉を使って女を惑わす生粋の女たらしということになる。鬼畜である。地獄行きだ。

だから……私のことを、好きならいいのに。

そう考えて、ベッドの上でごろごろとのたうち回る。

私は今冷静になれていない。なれていないけれど、これだけはわかる。

あの素敵な人と釣り合う何かを、私は何も持っていない。

私は凡庸斜陽伯爵家出身の、とりえのない地味娘。

公爵夫人が捕まったあとダメージを負うだろう公爵家の助けになるような後ろ盾も、アルバート様の役に立てるようなスキルも、私は何も持っていないのだ。


慣れない乙女心と己の情けなさにのたうち回っているうちに、いつの間にか眠っていたようだった。

こんなに悶々としていても眠れる自分に若干の感動を覚えながら、大きく伸びをする。

「はー……いっぱい寝て喉が渇いた……」

そう言ってハッと口を押さえる。こんなことを呟こうものならば、アルバート様が颯爽《さっそう》と紅茶とお茶菓子を持ってくるに違いない。

まったく、おちおち独り言も呟けませんなあ、今日のお茶菓子はマフィンがいいですなあ……と彼を待つ。

……のだけれど、珍しいことにアルバート様が来ない。

気になって部屋の外に出ると、一階の応接室から楽しそうな声が聞こえてきた。

どうやら私が眠っている間に、ルラヴィ様と殿下が来ているようだった。

応接室は扉が開いたままで。声をかけようと部屋に足を踏み入れようとして――立ち止まった。

「腕が良い職人は、この三人ね。特にこの方は気難しいけれど名工で、あなたの希望する宝石を扱える唯一の人よ」

「なるほど……ルラヴィ、ありがとう。君がいなければとんでもないことになるところだった……」

「本当にね」

アルバート様とルラヴィ様が、二人で何やら冊子のようなものを眺めながら仲睦まじそうに話をしていた。

窓から差し込む光に、二人の淡い金と銀の髪がキラキラと輝く。妖精姫と呼ばれるルラヴィ様と、美しいアルバート様はまるで一対の絵のように、語る言葉もない程お似合いだった。

殿下はその二人を微笑ましそうに見守っている。

「それにね、この職人は……」

ルラヴィ様が悪戯めいた表情で何かを呟きながらアルバート様の持っている冊子の片隅をペンでトントン、とたたく。

動揺して冊子を落としたアルバート様の頬や耳が、どんどん赤くなっていく。

さっきの、アルバート様の前での私のように。

その時私に気づいたアルバート様が、パッと顔を輝かせた。

「……ヴィオラ！」

「体調は大丈夫か？」

そう微笑む顔がまだ少し赤くて、私は自分でもびっくりするほど受けたショックを隠しながら、笑顔で頷いた。


今日殿下とルラヴィ様がやってきたのは、公爵夫人への断罪に向けて動きだしたことを報告するためだったようだ。

「公爵夫人を捕らえるためには、生半可な策略では無理だ」

そう言って殿下が説明する内容は私の想像をはるかに上回る大事な作戦で、思わず言葉を失った。

「以上だ。公爵夫妻には明日にでも、国王陛下の名前で『現国王の治世下において、公爵邸で起きた事件には一切関与しない』と記された書状が届くだろう。金と引き換えにな」

そう説明を終えた殿下は、アルバート様と最後の話し合いがあるようで、二人で席を外した。

その時ルラヴィ様が「誤解のないように、念のためなのだけれど……」と真面目な顔で口を開く。

「私とアルバートはね、お互い恋愛感情が全くないから……誤解しないでね」

そんなわけがなくないだろうか……？

思わずルラヴィ様に怪訝《けげん》な目を向けてしまう。

……もしかしてルラヴィ様は、恋愛に関して鈍感なのかもしれない。それに幼馴染《おさななじみ》だし、近くにいすぎると見えてこないものもあるのだろう。

とはいえアルバート様の気持ちを勝手に代弁するわけにもいかなくて……そこまで考えて、胸がじくじくと痛んだ。

「……あの、アルバートとゆっくり話したほうがよいと思うわ。主語を明確にしてね。あ、いえ、公爵夫妻の諸々が落ち着いてからの方がよいと思うわ。絶対に」

「それはそうですね……」

確かに、今は公爵夫妻のことに専念するときだ。

……アルバート様は平気だと言いそうだけれど、辛いだろうから。

私にできることは、とにかく元気でいて、辛そうな時は側にいて、彼が幸せになれるようサポートすることだ。

……そのためには。

「……ルラヴィ様。色々と質問があるのですが……」

私の問いに、ルラヴィ様が「なんだか不安しかないわ……」と呟いた。


お帰りになるルラヴィ様と殿下を見送ると、暗くなった冬の空にはもう星が瞬いていた。

「折角の星空だから、少し散歩したいです」

そう言うとアルバート様は私の体調を心配したけれど、少しだけなら、と了承してくれた。

アルバート様と歩く夜は、切なくて少し嬉しい。

怖いくらいの光の粒を見上げながら歩いていると、どこから取り出したのかアルバート様が私の首に優しくマフラーを巻いた。

ふわりと香るアルバート様の香りを吸い込むと、嬉しさにじんわり体が痺《しび》れた。

「ありがとうございます。……ふふ、旦那様の香りがします。いい匂い」

「……！」

アルバート様が急に口元を押さえてうずくまる。

「え、どうしたんですか？　吐きそうですか？　穴掘りましょうか⁉」

「いや、大丈夫、大丈夫だ……まだ不意打ちには弱いようだ」

不意打ちとは、何かに攻撃されたのだろうか。

心配で部屋に戻ろうと言ったけれど、アルバート様はまだ暗いところにいたいと言うので、とりあえず庭の長椅子に並んで座ることにした。

無言で星を見上げていると、アルバート様が静かに「君は」と言った。

「……この屋敷にきてから君に酷いことばかりした私に、クッションやお菓子をくれたり、マフラーを巻いてくれたり……それにずっと笑っていて、驚くほど優しい女性だと思った」

「いや、ただ好き勝手していただけなので優しくは……」

クッションを投げたり勝手に模様替えをしたり嫌味を言ったり、それはもう、本当に好き勝手させて頂いたと思う。

「その好き勝手をしてくれるところが、私には眩しかった」

アルバート様が私の目を見て、「ありがとう」と言った。

「私は、もう耐えることで遠回しに誰かを守っていたつもりの情けない男ではいたくない。そう思えたのは、全部君のおかげだ」

私は泣きそうな気持ちで空を見上げた。

アルバート様も空を見上げて、またぽつりと呟く。

「公爵夫人が捕まったら、君といつでも離婚ができるようになる」

「……夫人が捕まって、それから……旦那様に好きな方が現れるまでは、お側にいると言いました」

私の悪あがきに、アルバート様が「……できたんだ」と切なそうに微笑んだ。

「寝ても覚めても、その人のことばかり考えてしまう」

「そうですか……」

「だから全てが終わったら、君に言いたいことがある」

「……わかりました！」

話とは、離婚だろう。

もちろん、それは悲しいけれど。

それでも私はアルバート様の言葉が、とても嬉しかった。

恋愛として好きになってはもらえなくても、彼が幸せになるお手伝いが微力ながらにできたのだと思うから。

「旦那様」

「……どうした？」

アルバート様が目を細めて、とても優しい顔をした。母猫が子猫を見守るような、とても優しい眼差しだった。

私は、この人がとても好き。

「……呼んだだけです。旦那様の、声が好きで」

「！　そ、そうか……」

恥じらう素振りを見せたアルバート様が、蚊の鳴くような小さな声で「私も君の……声が好きだ」と言った。

第五章　あなたは私の世界で唯一

アルバート様は私を恩人だと思っているらしい。

それを知った私はなるほどなあと、アルバート様の一連の行動に妙に納得した。

毎日近くにいては役に立とうとする行動に加えて、先日、王城の宝物庫に行った後。あれから、不思議な贈り物が増えたなあとも思っていたのだ。

例えば冬だというのに、私のお部屋がお花で埋め尽くされたり（多すぎるのでやめてもらった）。

アルバート様お手製の紅茶のマフィンやハンバーグ等々が、日々一ダース、いや一グロス差し出されたり（飽きるのでやめてもらった）。

漬物石のような大きな石——貴重な宝石の原石らしいけど見た目は単なる黒い石——をもらったり（飾っておこうと思ったら、パメラとハーマンが無言でどこかへ持って行ってしまった）。

私も私で浮き立っていたので、そのごんぎつねのような彼の行動を「まあアルバート様だものね」とあまり深く考えてはいなかったのだけど、あれはきっと、彼なりの恩返しだったのだ。なんて義理堅く、心が清らかな人なんだろう。

つくづく、初めて好きになった人がアルバート様で良かったと思う。

……だから私はもっとアルバート様を幸せにするお手伝いをしなければ。だってもう、お別れの時も近いのだから。

そう思った私は、アルバート様と一緒にお茶を飲む時間に、さりげなさを装って昨日聞きたてのルラヴィ様の情報を伝えることにした。

「旦那様、ルラヴィ様は赤が好きなんですって！　贈り物は赤で決まりですね！」

「ルラヴィ様の好きな男性のタイプは、君なら太ってもかわいいよって言ってくれるような人なんですって！　褒め言葉に弱いのかもしれません！」

私の言葉に、アルバート様は「そうか」ととても良い笑顔を見せる。当然だ。今一番気になっていたことだろうから。

しかし恋に溺れていても、気遣いを忘れないのが最近のアルバート様だ。頷《うなず》いた後に「君は？」と私を立てることも忘れない。

「色はなんでも好きですけど、最近は青が好きですかね……好きな男性のタイプは、優しくて一途で不器用で……」

「優しくて一途で不器用……」

アルバート様の復唱にハッとする。これではアルバート様のことを言っているも同然だ。私に謎の恩義を感じているアルバート様が、泣く泣く私に身を捧《ささ》げかねない。

「……だけど何より、私のことを大好きな人がいいですね！」

慌てて私がそう言うと、アルバート様が一瞬沈黙して。

それと同時に部屋の外から険しい声や慌ただしい足音が聞こえて、扉が乱暴に開けられる。

「アルバート……！」

そこには、瞳に憎しみの色を燃やしている公爵夫人の姿があった。

アルバート様が、私を庇《かば》うように前に立つ。

「……予想より早いお越しに驚きました」

以前はどこか怯《おび》えた様子だったアルバート様が淡々と言い放つ。

冷ややかなその口調には怒りが滲《にじ》んでいて、以前のアルバート様とは別人のようだ。

公爵夫人も驚いたように一瞬たじろぎ、しかしすぐに蔑むような微笑を浮かべた。

「私がここに来ると知っていたなら、王家から見捨てられたことも知っているでしょうに。ずいぶんと偉そうな態度ね」

そう言ってひら、と手に持った紙を揺らすと、王家の印がはっきりと見えた。

現国王陛下の治世下において、公爵邸で起きた事件には一切関与しないと記されている、あの書状だ。

「私を捕まえようと、殿下と裏で画策していたことは知っているわ。だけど殿下には力がなく、陛下は……孫とはいえ奴隷の血を引くあなたよりも、よっぽどお金が好きなよう――ああ、ヴィオラさんはアルバートが奴隷の血を引いていることを知らなかったかしら？　知っていたら、ここにはいないわよね」

「……知っていますけれど、一体何の問題があるんですか？」

公爵夫人を睨《にら》みながらそう言うと、彼女は「……ローズマリーの言う通りね」と吐き捨てるように言った。

「折角私が、教育してあげたのに」

夫人が、憎しみのこもった暗い瞳でアルバート様を睨みつけた。

「あれだけ人を愛するなと、人を不幸にするなと言ったのに。呪われた身の程知らずの子どもが、よく……っ、⁉」

「なんてことを言うんですか……！」

夫人の言葉に我慢できず、私はアルバート様の前に躍り出て手近にあったシュガーポットの中身を夫人に向かってぶちまけた。本当は、ありったけの塩をかけてやりたかった。

「悪いのは全て公爵様なのに、何の罪もない旦那様を虐げて、大切なものを全て奪って侮辱して！旦那様を傷つけるためだけに、いろんな人を傷つけて！　今人を不幸に陥れているのは、あなたもじゃないですか！」

「何を……！」

私の言葉に、顔を真っ赤にさせた夫人が手を振り上げる。叩《たた》かれる、と思って反射的に目を瞑《つぶ》ったけれど、衝撃はこない。

そろそろと目を開けると、アルバート様がまた私の前に立ち、振り下ろそうとした夫人の手首を摑《つか》んでいた。

「アルバート、あなた……！」

「……母上。私は今まで、あなたに申し訳ないと思って生きてきました」

アルバート様が、夫人の目を見据えて静かに言う。

「私が生まれたことで、あなたを不幸にしてしまった。それは今でも申し訳ないと思っています」

「なら……」

「しかしあなたは私を苦しめるために、罪のない使用人をいたぶり、光を奪い、そしてヴィオラを殺そうとした。——その報いを、あなたは受けなければならない」

「——アルバートの言う通りです」

突然、殿下の声がした。

十数人の騎士を引き連れてやってきた彼はにこやかに笑って、絶句している公爵夫人に目を向け、「狡猾《こうかつ》かと思っていたが、ずいぶん浅はかで助かりました」と言った。

「ヴィオラ夫人がやってきて、アルバートが変わったことが許せなかったのでしょうか？　ずいぶんと仕事が荒くなりましたね」

殿下と騎士たちが入室して、アルバート様は夫人の手を慎重に離した。

「王太子殿下にご挨拶を申し上げます。しかしながら殿下、一体何を仰っているのかがよく……」

驚きつつも夫人はすぐに礼をし、困ったように微笑んだ。

そんな夫人に殿下も鷹揚《おうよう》な微笑みを返すけれど、微笑みとは裏腹に場の空気がどんどん張り詰めていくのを感じた。

「今までのあなたは、もう少し慎重に動いていました。どこまでなら自分に害が及ばないかを考え、けして尻尾を摑ませなかった。おかげでここまで来るのに、本当に時間がかかりましたよ」

「どうやら殿下は、私を何らかの罪に問いたいということですね」

だけど、と夫人はまた微笑む。

「陛下自ら送ってくださった書状があります。公爵邸で起きた事件には一切関与しない、と。私が今この場で何をしようと、殿下でも私を罪には問えないのですよ」

「ええ。そちらに署名した私の父、フランツ二世の治世においては確かに、フィールディング公爵邸の捜査は行われなかった」

含みのある言葉に、夫人が怪訝《けげん》そうに眉をあげた。

「しかし、公爵邸以外で起きた事件はまた別です。例えば、王城の舞踏会で故意にダスラの酒が提供されていたことなどはね」

「……それこそ私には何の関係もございませんわ」

眉間に皺《しわ》を寄せる夫人は、「それにその捜査は打ち切りになった筈《はず》でしょう?」とため息を吐く。

「未婚のご令嬢が起こした事件ですもの。捜査が難航することで噂《うわさ》が長引くのもお気の毒だと、被害者であるこちらが捜査の打ち切りを提案し、陛下も賛同なさいました。闇雲に掘り返すのはいかがなものかと思いますわ」

「些《いささ》か気になることがありましてね。なんでもそのご令嬢二人は、他でもないあなたから『アルバートとルラヴィを結婚させたかったのに、グレンヴィル伯爵家との友情を優先せざるを得なくなった。悲しくてたまらない。傷ついているだろうルラヴィに何も言わず寄り添ってくれ』といった内容の手紙が届いたと」

「それが何か？　私は密かにアッシュフィールド公爵令嬢のことを気に入っていました。彼女がアルバートを愛していたことは明白でしたから、つい感情が昂《たかぶ》ってそんな手紙を送ってしまいましたが……罪に問われることではないでしょう？」

そう言う夫人は自分の勝利を確信しながらも、落ち着き払った表情の殿下に疑問と不安を感じているようだった。

「逆でしょう」と苦笑を浮かべる殿下が、夫人をまっすぐに見据える。

「アルバートを好きだと公言するルラヴィが目障りで、しかしさすがに公爵令嬢に手は出せなかったのでしょう？　ですからルラヴィの友人を焚《た》き付け、ダスラの酒を飲ませ問題を起こすよう仕向けた。うまくいけばルラヴィにも責任の一端を負わせられるし、ヴィオラ夫人が自身の妻というだけで傷つけられたと、アルバートにも思い知らせることができますから」

「妄想がすぎます！」

夫人が気色ばんで、きつく殿下を睨みつける。

「何の証拠もなくそのような――」

「ある給仕が懺悔《ざんげ》しました。自分を王城の給仕に推薦したハドリーという男に、ダスラの酒に更に高揚剤を足し、令嬢二人に飲ませるよう命じられたと。その男はフィールディング公爵領の一部を管理している執事で、夫人が幼い頃はコルベック侯爵家に勤めていたそうですね。生家は薬屋で、メイモンが採れる南の地出身だとか。……ヴィオラ夫人と握手した際、そのメイモンを仕込んだ毒針を彼女に刺したのでしょう？」

「……何を仰るのかと思えば。給仕の証言と推測だけで私を捕らえるなどと乱暴なことを仰るつもりですか？　たとえハドリーが何か罪を犯していたとしても、私を捕らえられるような証拠になるとは思えませんが」

「ええ、それで結構ですよ。今頃ハドリーのいる屋敷には、家宅捜索をする者たちが着く頃です。そしてあなたの――いえ、公爵夫妻の住む別邸を、証拠が出るまで調べるだけですから」

殿下の言葉に夫人が初めて焦りを見せて、目を剝いた。

「なんと無礼な……！　そんなこと、公爵が許すわけがないでしょう！　陛下だって！」

「許されますよ。何故ならこれからは私が国王となり、彼は公爵ではなくなるのですから」

「は？」

困惑した夫人が「世迷言を……」と呟《つぶや》いて。だけど、どんどん顔が青ざめていく。

「我が父、国王陛下は自らの私腹を肥やし、色に溺れ、様々な悪事を働いてきました。――例えばその書状。フィールディング公爵家へ、金と引き換えに渡したものですね」

鷹《たか》のような眼差しを夫人の手にある書状に向けながら、殿下は冷たく微笑んだ。

「そこにいるアルバートと私は、公爵と陛下の悪事を告発することにしました。……陛下の罪状は多すぎるので省きますが、例えばダスラの酒の件では、お互いの利益のために無理に捜査を打ち切りましたね。その他には陛下が、若い頃奴隷に産ませた王女の存在を秘匿していたこと。フィールディング公爵はその王女を金と引き換えに公爵邸に監禁し、亡くなった彼女を埋葬もせずにいること。そしてそれを、陛下は黙認していること」

その時、王城からの遣いの騎士がやってきた。急いでやってきたのであろうその騎士が、殿下に紙を渡す。

「……そういったことを含めて、一部の高位貴族たちに本当に父が国王に相応しいと思うか訴えました。するとアッシュフィールド公爵家や、ダスラの酒の被害者であるチェンバレン侯爵家・スタンリー侯爵家を始めとする四つの侯爵家、グレンヴィル伯爵家、その他にも多数の高位貴族が現国王の廃位を求め、私の即位を支持しました。……そしてたった今、父上は廃位された。よってあなたが掲げるその書状も、もう時間切れというわけだ」

言葉もなく、青ざめたまま動かない夫人が手からはらりと書状を落とす。殿下はそんな夫人に何の色も宿らない眼差しを向け、夫人の罪状を淡々と口にした。

「夫人。あなたにはダスラの酒の件以外にも、ヴィオラ夫人への毒物による殺人未遂、十年前に侍女長を勤めていた子爵夫人への傷害など数々の犯罪行為に手を染めた疑いがある。捜査はまだこれからだが、国王の権限で、今ここであなたを捕らえる」

殿下の言葉に合わせて騎士が動いて夫人を捕らえたとき、夫人が「……今公表できるのなら、最初から公表していればよかったじゃない……」とはらはらと涙をこぼした。

「私は、私は一体何のために、ここに嫁いできたの……?」

そう言う夫人の頬から、透明な涙がとめどなく滴り落ちる。

誰も何も言えなかった。声を出さずに泣く夫人の、涙が落ちる音が聞こえてきそうなほどに静かだった。

殿下が何かを言おうと口を開いた時、扉が激しい音を立てて開かれた。

見ると慌てているハーマンが、場の空気に一瞬怯《ひる》みつつも声を上げる。

「失礼をお許しください。アルバート様、先ほど別邸より連絡が参りまして……」

「どうした」

アルバート様の声に、ハーマンが口を開いた。

「公爵様が、危篤だと。アルバート様にすぐに別邸に向かうよう伝えてほしいと、早馬が参りました」

◇◇◇

「君はここで待っていてほしい」

そう言って馬車に乗り込んだアルバートに、ヴィオラは心配そうに、しかしぎこちなく微笑んで頷いた。

「お気をつけて。お帰りをお待ちしています」

「ああ、行ってくる」

公爵の危篤が伝えられ、アルバートは単身で公爵のいる別邸へと向かうことにした。

知らせを聞いた夫人は取り乱したが、騎士とエセルバートに支えられ王城へと向かった。これからしばらく、取り調べが続くだろう。

馬車が動き出し、心配そうにこちらを見送るヴィオラの姿がすぐに小さくなっていく。

本当であれば、彼女を残していきたくはなかった。

しかし、父と対峙《たいじ》する自分の姿をヴィオラにだけは見せたくない。

ヴィオラを一人残していく心配と苦痛は、想像以上に堪え難い。離れるほどに襲われる強い不安と喪失感は、この血の為《な》せる業《わざ》なのだろうか。

先ほどの夫人の姿を思い出し、アルバートは改めて決意した。

同じ悲劇は、決して繰り返してはならないと。


数年ぶりに会った父は痩せ衰え、瞳は落ち窪《くぼ》み、蠟《ろう》のように白い顔をしていた。

しかし父のその表情には悲愴さの欠片もなく、むしろ安堵《あんど》の方が色濃いように見える。

実際、浅く早い呼吸は苦しいだろうに、余裕があるのか。

黙って入室したアルバートの顔を見た父が、何かを察したかのように薄く微笑んだ。

「……愛する者ができたようだな。お前にも、ようやく私の気持ちがわかっただろう」

父の言葉には何も答えず、アルバートは何の感情もない眼差しを父に向ける。

「国王陛下が廃位され、母上は逮捕されました」

「……そうか。なるほど、あの書状は囮《おとり》か。しかしここで私の命が尽きるとは、天の配剤だな……」

そう目を瞑って沈黙した後に「お前には申し訳ないと思っている」と呟いた。

「しかし最期の望みだ。私の亡骸は手筈通りに……セレニアの棺は地下の隠し部屋だ。……長かった。私はこの時のためだけに、こうして生き永らえてきた。ようやくセレニアも、安らかに眠れる」

母がこの南の地にきても埋葬されなかったのは、父の独占欲ゆえだった。

自分が亡くなるまで母がどこかに行くなど──たとえそれが神の下でも、許せない。

魂になっても、母を手放さず棺に縛りつける。それが父の愛だった。

そして、夫人が逮捕されたと言っても父は心配や懺悔はおろか、何の言葉も発さない。

「……人の人生を台無しにすることに何の躊躇《ためら》いも痛みも覚えないあなたのことが、私はずっと理解できませんでした。いえ、理解したくもありませんでした」

自分の望みは必ず叶《かな》うと信じて疑わない父の表情を、アルバートは何の感慨もなく見下ろした。

「しかし今は、いずれあなたの気持ちがわかってしまうような気がします」

ヴィオラが望むのならば、アルバートは彼女の手を離せるだろう。

彼女が明るく温かい場所で笑い続けてくれることが、唯一にして絶対のアルバートの願いだった。

しかしそれと同時に、ヴィオラをどこにも行かせず、他の男の目に触れさせず、ずっとアルバートだけを見ていてほしいと燻《くすぶ》る気持ちが、確かに強く自分の中にある。

今アルバートの目の前にいる、人の人生を台無しにし続けた醜悪な男。

それはほんの僅かな衝撃で、アルバートに訪れるかもしれない未来だと本能が囁《ささや》いている。

「だからこそ、あなたには地獄に落ちて頂きます。私が彼女を不幸にさせないための戒めに、あなたにはなって頂く」

「お前は、何を……」

困惑し不安に慄く父に、アルバートは淡々と告げた。

「存在が秘匿されていた王女を監禁し、彼女が亡くなっても埋葬もせずに放置していたあなたの罪を、私は告発しました。王族に大変な不敬を働いたとして、あなたの死後、私はあなたを火葬するつもりです」

「な……」

父の顔が、ゆっくりと絶望に染まっていく。もう言葉にすらできないようで、何かを言いかけた口がはくはくと動き、苦しそうに咳《せ》き込《こ》んだ。

「さようなら、父上。あなたの信じる神は、灰になったあなたを救うでしょうか。どうか絶望してください。今世でもあの世でも――あなたはもう、あなたの愛する人には二度と会えない」

死後の世界が本当にあるのかアルバートにはわからない。

しかし十五年間抱き続けた最後の希望が、生きている間に無惨に砕け散る。父にとっては一番の罰だろう。

それを自らが下しても、良心の呵責《かしゃく》は一切覚えない。

見開かれた父の瞳に映るそんな自分は、父に似ているように思う。

しかし自分は、この男のようにはけしてならない。

自分の名を切れ切れに呼ぶ男に背を向けて、アルバートは部屋から出た。

◇◇◇

アルバート様のお父様が亡くなられてから、一月が過ぎた。

秘匿されていた王女の存在と、その王女が監禁され、亡くなり、長い間埋葬さえされなかった事実は国中を震撼《しんかん》させた。

夫人の罪も全てが白日の下に晒《さら》された。それら一つ一つは大変な重罪ではあったけれど――、夫人は二十年間公爵の偏執的な態度に晒され、精神状態が正常ではなかった。ということで、罪を犯した貴人を幽閉する場所ではなく、南の地にある修道院に入ることになった。

そこでお医者さまと心の治療をしながら、日々神に祈りを捧げ贖罪《しょくざい》をするように。それが殿下……いや、陛下からの処理だった。

そして今日。全ての捜査や処理が終わり、アルバート様のお父様のお葬式が開かれる。

お葬式といっても密葬で、火葬された遺灰を、海に撒《ま》くという儀式だった。

罪人といっても貴人が火葬に処されるというのはこの国ではかなり衝撃的なことだ。

実の父の罪を告発し、死してなお贖《あがな》わせるというアルバート様のこの行動は、貴族の間でおおむね好意的に受け止められているという。ルラヴィ様や陛下や、ゴドウィンの影響力のおかげもあるだろうけれど。

アルバート様が遺灰を海に撒いていく。

その姿を後ろの方でそっと見守っていると、私の横にいたお父様が、静かに口を開いた。

「私は公爵……ルーファスに、お前とアルバート様の婚姻の申込をされたとき、嬉《うれ》しかった」

確かに、あのときお父様は嬉しそうだった。昔の友人との思い出を反芻《はんすう》するように、遠い目なんかして。

私が黙って頷くと、お父様はぽつぽつと言葉を続ける。

「私たちがまだ少年だった頃、ルーファスはもしも自分に愛する人ができたら大切に、大切に守るのだと言っていた。……愛する人を大切に守ると恥ずかしげもなく誓った友人の子なら、私の子を大切にしてくれるんじゃないかと思ったんだよ」

「…………」

「お前に申し訳ない気持ちも、ルーファスに憤る気持ちもあるけれど……」

そう言いかけたお父様は、口をつぐんで海に流れていく遺灰を見守っていた。


葬儀が終わって、私とアルバート様は二人でセレニア様のお墓に向かった。

海が見える小高い丘にあるそこは、王族の血を引く彼女が眠るには、いささか慎ましいかもしれない。しかし春と呼ぶにはまだ早いこの季節にも、色とりどりの花がたくさん咲いている。

ここは元々セレニア様のお母様や、セレニア様が過ごした修道院のシスターたちが眠っている場所らしい。アルバート様たっての願いで、ここに埋葬されることとなった。

両手に溢《あふ》れんばかりの薔薇《ばら》を抱えたアルバート様が、お墓の前に花束を置き、祈りを捧げる。私も少し後ろの方でセレニア様の安らかな眠りと、アルバート様の幸せをそっと祈った。

「……君には、本当に世話になった」

長い祈りを終えたアルバート様が、今までで一番晴れやかな表情でそう言った。

「いいえ。旦那様や陛下やルラヴィ様が、長い間頑張って来られたおかげです」

「しかし、私は君に救われたから」

正直言って、私はアルバート様がこんなに恩を感じてくれるようなすごいことは何もしていない。

けれどもアルバート様が私を見て救われたと言ってくれるなら、この結婚生活がアルバート様にとっても良いものになってくれたのなら、私は私で良かったなと嬉しく思う。

「……君のお父君が以前、屋敷に来てくれた際に約束したことがある」

「ああ、そういえばそのようなことを言ってましたね……」

早馬で来てくれた時、帰り際に「約束を忘れないで」といったようなことを言っていた気がする。

「どんな約束だったんですか？」

「……私と君が一緒にいても、どちらかが幸せになれないとわかった時は、離婚してほしいと」

「そうですか……」

どちらかが、というところがお父様らしいとは思う。

だけど出戻ったらちょっと悪態をついてやりたいなんて八つ当たりのようなことを思いながら、私は何かを言いたげなアルバート様の顔を見た。

「……そのことを踏まえて、以前君に言いたいことがあると言った、その話をここでしてもいいだろうか」

……本当は、あんまり聞きたくないけれど。しかし彼の幸せを願って、ここは腹をくくって笑顔で祝うべきだろう。

「もちろんですよ！」

にっこり笑って頷くと、アルバート様は大きく息を吸って、口を開いた。

「わ、私は一途で不器用だと思う！」

「……？　はい」

突然の自己紹介に、私が頭をはてなでいっぱいにしながらも頷くと、アルバート様はよし、とでも言いたげな顔で更に続けた。

「優しい……とは言えない部分もあるが。優しくあるよう生涯努力し続ける」

そう言ってアルバート様がぎこちなく懐から箱を取り出して、私に差し出した。

思わず受け取ったその箱のサイズは、どう考えても、プロポーズに使うあれの大きさで。

「だからどうか、君にそばにいてほしい」

アルバート様の指が箱の蓋を開けると、中には予想通りに指輪が入っていた。

中央に据えられた大きな宝石を取り囲むように、ぐるりとサファイアがあしらわれている。驚くことに、中央の大きな宝石は灰色だ。地味で目立たない筈のその色は、陽の光をキラキラと反射し、目が離せないほど綺麗《きれい》だった。

静かに混乱した。

「あの、これではまるで旦那様が、私にプロポーズをしているように聞こえるのですが……？」

「そ、その通りだ」

そう言うアルバート様の顔は真っ赤で、冗談のようには聞こえない。

「え、なんっ……何でですか？　これは練習ですか？　ルラヴィ様は？　ルラヴィ様がお好きなんですよね？」

「……ルラヴィ？　何故彼女が……」

「だ、だってルラヴィ様は綺麗で、二人はお似合いで。それにこの間二人で何か冊子を見ながらお話ししていたとき、旦那様のお顔が真っ赤だったから……！」

困惑する彼に私も困惑して言い返すと、アルバート様が「聞いていたのか……！」とますます顔を赤くする。

「……あれは。この指輪を作るための、宝石職人を紹介してもらっていて……」

確かにあの時、名工や宝石といった言葉のやりとりがあったような気がする。

「……君にプロポーズをした後の、その先の話をルラヴィがするものだから。……私の顔が赤かったとしたら、それはルラヴィではなく、君を思ってだ。私は……」

意を決したように私を見るアルバート様に、こんな時だというのに一瞬見惚《みと》れてしまった。

銀色の髪が、日差しを受けて輝いている。

整った顔立ちが太陽にも負けないほど赤くなって、熱を孕《はら》んだ青い瞳が私をまっすぐに見つめていた。

「――君が、好きだ」

掠《かす》れた声が耳に届く。

信じられないと頭では思うのに、お腹の底から幸せがこみあげて、指先にまで広がった。

「わ……私も、旦那様が……ですけど……」

アルバート様が、息を呑《の》む。

なぜか泣きそうになって、それ以上は何も言えなくなった。心臓がばくばくして、どんどん顔が熱くなる。もはや人に見せられる顔ではない。特に、アルバート様には。

思わず指輪を持っていない方の手で顔を隠そうとすると、熱くて大きな指先がそっと私の手を掴んだ。

「隠さないでほしい」

「ちょ、ちょっと、待ってください！　今は見せられる顔では……」

「お願いだ、ヴィオラ」

アルバート様が右手で私の頬を優しく撫《な》でる。私の唇の端をなぞる熱い指に、頭が沸騰しそうだった。

「――綺麗だ」

切なそうに、愛おしげに目を細めて、アルバート様がそんなことを言う。

「私にとって、世界で唯一君だけが綺麗で、かわいくて、眩《まぶ》しい」

私の目尻に滲み始めた涙を指で拭いながら、アルバート様がそう言った。

「君がいつか離れたくなったら、絶対に手を離す。だからどうか……私の、本当の妻になってもらえないだろうか」

プロポーズで別れたときの話をするのって、どうなのかしら……。

そう思いつつも、きっとそれはアルバート様の誠意と愛情を表しているのだろう、と知っていた。

――本当は絶対手放したくないくらい、私のことを好きでいてくれるということなのかな。

もしもそうだったら、私は世界一の幸せ者だと思う。

「私も……旦那様のことが、大好きです」

私がそう言うと、アルバート様は一瞬息を呑んだあと綺麗に微笑んで、私の指に指輪を嵌《は》めてくれた。

「……きれい、です」

「良かった」

そう微笑むアルバート様の目は、少し赤く潤んでいて。

そんな彼を祝福するみたいに、吹いた風が優しくアルバート様の髪を揺らした。

エピローグ

「エセルバートはとても優しい子ね」

気弱で引っ込み思案で、情けない王子。そういつも叱られていたエセルバートの頭を撫《な》でたのは、十五も歳の離れた姉だった。

「いつかきっと、あなたは素敵な王様になるわ。あなたが弟なんて、とても誇らしい」

そう言って微笑む姉の姿に、エセルバートは初めて自分を認められた気がして、嬉《うれ》しくなった。

――僕は、絶対に素敵な王様になろう。

そう決意したのも束《つか》の間《ま》、姉は不幸な事故で亡くなった。

姉が何より愛した子ども――エセルバートの友人は、無口で暗い瞳を持つ、人を寄せ付けない少年になった。

「ねえ、殿下。アルバートがおかしいわ」

そう言うルラヴィに、当時六歳のエセルバートは頷《うなず》いた。

アルバートの服に隠れた肌は傷だらけ。好きだったものには何の興味も示さない。出された好物にも一切手をつけず、自分に誰かが近づくことを極端に嫌がるようになった。

あれは多分、公爵邸の誰かがアルバートをいじめているに違いない。

羨ましいくらいに優しいアルバートの父親に、相談してみよう。使用人には見つからないように先触れを出さずに訪れた公爵邸で、エセルバートとルラヴィは地獄を見た。

「……はあ。フィールディング公爵邸で、そんなことがあったと」

ルラヴィと共に王城へ帰り、エセルバートは父に公爵邸で見た光景を訴えた。

父は一瞬驚きに目を見開いたものの、ため息を吐く。

「まったく、ルーファスは……。女如き一人が死んだくらいで、一体何を腑《ふ》抜《ぬ》けているのか」

そう呟《つぶや》く父にエセルバートが凍りついていると、父はどうでもよさそうに「所詮奴隷の血だ。放っておけ」と吐き捨てた。


「陛下。お迎えに来てくださり、ありがとうございます」

アッシュフィールド公爵邸にルラヴィを迎えに行くと、既に玄関で待っていたルラヴィがエセルバートに礼をし、馬車に乗り込んだ。

「ドレスを贈ってくださってありがとうございます。だけど……どういう風の吹き回しですか？　しかも、こんなに珍しい形のものを」

「ゴドウィン・ラブリーに頼んだんだ。あのマニキュアという画期的なものを作る男なら、コルセットのいらないドレスも作れるのではと」

デザイナーと試行錯誤の末作り上げたらしいそれは、エセルバートの目にも素敵だと思う。

ハイウエストのゆったりとした真っ白いドレスは、レースや真珠がふんだんに使われていて、ルラヴィの淡い金髪によく映えた。

「アルバートが以前、痩せている方がいいという風潮は不健康だ、コルセットのないドレスはないのかとぶつぶつと言っていてな。私もそれに賛成だ。特にルラヴィ。大昔も言ったがお前は太ってもかわいいのだから、もう少し食べるべきだ」

エセルバートの言葉に、ルラヴィが肩をすくめつつ、少しだけ嬉しそうに微笑んだ。

「着心地がとても楽ですし、何より素敵ですわ。素晴らしい贈り物をありがとうございます」

「ああ。やはり贈り物は、その道のプロに聞くのが一番だと甥を見て学んだからな」

エセルバートの言葉にルラヴィが噴き出した。

「ふっ、ふふ……あれは、ひどかったですわね」

アルバートとヴィオラの思いが通じ合う前、アルバートの贈ったプレゼントの数々に絶句したことは、記憶に新しい。

部屋中に溢《あふ》れる花びらや、一グロスのハンバーグや菓子。極めつけに真っ黒で巨大な宝石の原石を贈ったアルバートは、ハーマンとパメラに『少し女心を学ぶべきです』と回収されたその原石を使い、次は自らがデザインした指輪を贈ろうとしていた。

見せてもらったそのデザインは、さながら崩れかけた塔のような、ゴテゴテとしたオブジェが載った奇怪なものだった。聞けば好きなものをモチーフにすれば喜ぶだろうと思いつき、落ち葉や菓子や宝石や花など、ヴィオラが好きなものを全て盛り込んだのだという。

「彼女が好きなものは多すぎて、絞りこむのには苦労した」

そう言うアルバートの壊滅的なセンスに絶句したルラヴィは、デザインはプロに任せるべきだと腕の良い宝石職人を紹介したのだ。

(――そういえばあの時、あのアルバートが赤面していたな……)

その宝石職人はいずれ子どもが生まれた時、プロポーズの際に贈った指輪と同じデザインのベビーリングを作ってくれるのだと、ルラヴィがからかった時だったか。

(まさかあのアルバートが、あのような顔を見せるとは)

その時のことを思い出して、エセルバートは一瞬口元に笑みを浮かべ――すぐに消した。もうアルバートが、自分の前であのように気を許す姿を見せることはないだろう。

そんなエセルバートの内心に気付いたのか、ルラヴィが口を開く。

「それにしても、こうして陛下がアルバートの元へと訪れるとは思いませんでしたわ。私は陛下とアルバートは、このまま絶縁するのかと思っていましたが」

「私もそう思っていた」

「……ヴィオラ様に感謝しなければいけませんわね」

苦笑して頷く。

ルラヴィには途中から気づかれていたが、彼はヴィオラを囮《おとり》にしていた。

何としてでも公爵夫人を捕らえて、アルバートを昔の友人に戻す。

それから、目を背けたくなるほど悪徳の限りを尽くす父王を、王位から引きずり下ろす。

この二つの目的を叶《かな》えるために、エセルバートは公爵にアルバートへの政略結婚をけしかけた。

情熱的な恋愛を恐れているアルバートだが、一緒にいる内に思いが通じ合うような相手との結婚はどうだろうか、公爵の古い友人であるグレンヴィル伯爵の娘が年ごろで、決まった相手もいないようだが、と。

ヴィオラを選んだのは、身分が高すぎず低すぎず、公爵夫人を捕えるための囮にするにはちょうど良かったからだ。

元々公爵とグレンヴィル伯爵が若い頃に交わしていたという口約束が良い後押しになり、話は驚くほど簡単にまとまった。

その娘が多少危険な目に遭っても仕方ない。

こみあげる罪悪感を無視して、エセルバートはそう思った。

アルバートに疑われないよう、ヴィオラを警戒するふりをした。目をかけている素振りをし、公爵夫人の注意までひいた。

アルバートが彼女を愛したのは想定外だったが、彼女は確かに公爵夫人を刺激し、エセルバートの目的を叶える役目を果たしてくれた。

夜会で危険な目に遭い、毒で倒れて。

全てを終えたあと、アルバートとヴィオラにそう懺悔《ざんげ》した。

アルバートがエセルバートに強い怒りと軽蔑の目を向け、口を開きかけた時。

ヴィオラが「でも結果オーライですよね……?」と首を傾げた。

「人を囮に使うなんて確かに人として最悪だなって思いますけど、私は結果無事だし、もう旦那様が傷つけられることもないし、セレニア様も安らかに眠れるようになったし、全員ハッピーってすごいですよね……！」

「……いや。それとこれとは違う。ヴィオラ、君は実際倒れて危険な……」

「それに、陛下が結婚するよう仕組んでくれたから、私は今大好きな旦那様と結婚できて毎日幸せなわけで……へへ」

恥じらうのか。

「！　た、確かに私も幸せだが……」

そしてそこで照れるのか、アルバート。

場の空気は和んでしまい、そこで話は有耶無耶《うやむや》になった。あれ以来、二人には会っていない。

けれどおそらくアルバートの中で、自分は既に友人ではなくなっただろうと、そう思う。

「……やってしまったことは変えられません。これから、善き王になれば良いのですよ」

丁度馬車がフィールディング公爵邸に着いた時、ルラヴィが言った。

そうだな、と口元だけ微笑んで馬車から降りると、楽しそうなヴィオラの声と、キャンキャンとはしゃぐ子犬の鳴き声が聞こえてきた。

「……あ、陛下、ルラヴィ様！　ようこそいらっしゃいました」

子犬とぬいぐるみのおもちゃで遊んでいるヴィオラが、屈託のない笑顔で言った。

足元でじゃれている子犬は、昔アルバートが可愛がっていたシンバという犬のひ孫だそうだ。

シンバと再会することはできなかったけれど、その子どもや孫やひ孫、それから侍女長と再会することができたと、エセルバートが謝罪をする少し前、アルバートが噛《か》み締《し》めるように言っていた。

そしてヴィオラとアルバートにやけに懐いた子犬を一匹引き取り、公爵邸で暮らすことになるのだとは聞いていたが。

「旦那様はすぐそこの庭園にいます。今日陛下とルラヴィ様がくるので、朝からたくさんマフィンを焼いていたんですよ」

庭園に目を向けると、アルバートが手を上げている姿が見えた。

「ルラヴィ様にはかぼちゃ、陛下にはいちご。旦那様は紅茶で、私は全種類頂こうかと――」

「全種類、私も挑戦してみようかしら」

ヴィオラとルラヴィが談笑する姿を微笑ましく思いながら、少し緊張して庭園に足を踏み入れる。

日差しが降り注いでいた。花が咲き乱れる春の庭だ。

テーブルには山のようにマフィンが置かれ、懐かしい薔薇《ばら》の香りが漂っている。

アルバートがエセルバートに、そっと紅茶を差し出した。

「……良い香りだな」

「ええ。……懐かしいですね」

そう言って微笑むアルバートの顔に、昔の面影が重なった。

春風が吹く。遊んでほしいとねだる子犬の尾が揺れている。ヴィオラとルラヴィの笑い声が響いて、あの日と同じ紅茶の香りが、エセルバートの胸を打つ。

こみあげるものを必死で飲み下しながら、エセルバートは微笑んだ。

◇番外編　アルバートのほしいもの

ヴィオラと思いが通じ合ってから、二週間が過ぎた。

父の葬儀の後処理も終わり、アルバートの生活もようやく少し落ち着いてきている。

暖かくなり始めた今日、アルバートは庭園でヴィオラと共に午後のひとときを過ごしていた。

本音を言うと、この季節の庭園が、アルバートは好きではない。

「天気が良くて気持ちも良いですねえ」

「そうだな」

しかしそう目を細める彼女が幸せそうなので、ついアルバートの頬もゆるんでしまう。

執務の合間にこうして彼女と過ごし、彼女が幸せそうにしている姿を見るのが、アルバートにとっては何よりも大切な時間だった。

この穏やかな時間、彼女はいつも、他愛もないことをにこにこしながら話すのだが。

「旦那様。もしもなんでも好きなものが手に入るとしたら、どんなものが欲しいですか？」

いつになく真剣な眼差しで、ヴィオラがそんなことを言う。

——真剣な表情も、可愛いな……。

いつものように妻に見惚《みと》れながら、アルバートは少し悩んで彼女の質問に答えた。

「欲しいもの……物ではないが、健康で長生きすること、だろうか……」

勿論《もちろん》その対象はヴィオラなのだが、それは言わないことにした。

彼女はアルバートの言葉が少々予想外だったようで、急に何かを考え込む。

「ヴィオラ？　どうし……」

「……旦那様！」

ぱっと、ヴィオラが顔を上げる。その目は何か素敵なことを思いついたようにきらきらと輝いていた。その笑顔があまりに眩《まぶ》しくて、心臓が大きく跳ねた。

「ど、どうした？」

「あの、突然なんですけど、ちょっと用事があって。私は明日……いえ、今日から一週間ほど忙しいので、食事の時間以外はあまり一緒にいられません」

「……!?」

その爆弾のような発言に愕然《がくぜん》として、手元のカップを取り落としかけた。

ヴィオラはそんなアルバートの動揺には気付かないようで、にっこりと笑った。

「ふふふ、すごく寂しいですけど！　一週間後を楽しみにしていてくださいね！」

その笑顔は心の底から楽しそうに輝いていて、とても嫌だと言えるような雰囲気ではなかった。

もちろんどんな雰囲気だろうと、アルバートがヴィオラの決めたことに嫌だなどと言うことは、絶対にない。どんなことであれ、彼女の選択を尊重しようと決めている。

――……仕方がない、一週間だ。それに彼女は、食事以外は一緒にいられないと言っただけで、アルバートと離れたいと言ったわけではない。

大きな悲しみを感じつつも、彼女が忙しい時にはそれとなく助けよう。そう思ったのだが……。

「あっ、そうだ！　私のことを陰ながら見守ったり、役に立とうとすることもだめですよ」

「……！」

その言葉に再び愕然とする。彼女の役に立つことはアルバートにとって生きがいであり、喜びだった。

そんなアルバートに、ヴィオラは真剣に念押しをした。

「約束ですよ！　偶然が重なることも、通りがかっただけ、も禁止です。へへ、私のお部屋に来るのも、一週間はだめです」

「……そうか、わかった」

ともすれば下がりそうな眉をなんとかとどめ、アルバートはヴィオラに向かって微笑んだ。

「ではその間、私は食事の時間を楽しみにすることにしよう……」

「はい！　一週間後も、楽しみにしていてくださいね！」

ヴィオラが、これ以上ないほど嬉《うれ》しそうに笑う。内心をうまく隠しながら、アルバートは「ああ」と更に微笑んだ。


ヴィオラと過ごせなくなってから、ようやく明日で一週間となる。

待ち望んだその日がようやく来るというのに、アルバートの表情は陰鬱だった。

――やはり自分は鬱陶しかったのだろうか……。気持ちが、重すぎたのだろうか。

がむしゃらに仕事に打ち込んで気を晴らしてはいるが、ふとそんな気持ちがこみあげてくる。

用事があって忙しいと言っていたヴィオラは、大半の時間を自室で過ごしているらしい。

しかし時折ハリーやマッシュ、ハーマンやパメラやローズマリーたちと、何やら真剣に楽しそうに話しているようだった。

神に誓うが、アルバートはヴィオラの後をつけていたわけではない。たまたま偶然、目に入っただけである。

しかし今ならもしかして時間が空いているのかと、思わずヴィオラに話しかけたところ……慌てたヴィオラがアルバートから隠すように何かを胸元に抱え、パメラやローズマリーを連れて逃げてしまった。

「ア、アルバート様、ヴィオラ様はその、アルバート様を避けているわけではなく……」

「そ、そうです坊っちゃん！　ヴィオラ様は絶対にそんなことは……なあ」

「ああ、その通りで、これは……なんというか……なんでもないというか」

ハーマンを始め、ハリーやマッシュが慌てたようにフォローする。やはり彼女は自分を避けているのだろうかと、そう思わせるような焦りぶりだ。

「……そうか、わかった。邪魔してしまったな」

そう言いながらその場を後にした。しかしその後の食事の席で、ヴィオラは先ほど逃げた非礼を詫《わ》びつつも、焦っているような何かを探るような、そんな視線をアルバートに向けていた。

――約束を破ったと、そう思われているのだろうか。嫌われてしまったら、嫌だな……。

憂鬱な気持ちで、執務室の窓から見える庭園に目を向けた。

柔らかな青い空の下で、かつて自身が踏みにじったものと同じ薔薇《ばら》の花が鮮やかに咲いている。

春が本格的に始まろうとしているこの季節が、アルバートは一番嫌いだった。自分の体に流れる罪を、特に強く思い知らされた季節だった。

――私は、幸せがずっと続くものだと、少し調子に乗っていたのかもしれない。

過去の亡霊が、つま先から冷たく忍び寄る気配がする。

アルバートはその気配を振り払うように首を振り、再び執務机に向き直った。


そんな暗い気持ちで仕事をすませ、夕食ではどことなくアルバートを疑っていそうな様子のヴィオラにまた落ち込み、自分を戒めながら眠りについたはずだった。

「…………………？」

しかし何故か今、アルバートの寝室のベッドの中で。隣ですやすやと気持ちよさそうに眠っているヴィオラがいる。

——なるほど、夢か。

起きたばかりの頭で、冷静にそう思う。

結婚してからというもの、一度も同衾《どうきん》したことのない彼女と共にベッドで眠っているなどということが、有り得る筈《はず》がないのだった。

ヴィオラへの気持ちを自覚する前から、アルバートはよく彼女の夢を見ていた。妙に現実めいているが、これも夢なのだろう。

——以前、夢だと勘違いをして、眠っている彼女の髪に触れたことはあったが……。

そんなことを思い出して、なつかしく切ない気持ちになりながら、夢ならば許されるだろうかと、眠っている彼女の頭に触れた時だった。

「うう……ねむい……あれ、旦那様……？」

目の前のヴィオラが、本当に辛そうに目を開けた。そしてすぐにアルバートに気付き、一瞬の間の後、「寝ちゃってた！」と勢いよく飛び起きる。

「旦那様！　おはようございます！」

起きたばかりだというのに、彼女は満面の笑みをアルバートに向ける。妙に現実感のある彼女に呆気《あっけ》にとられていると、彼女が「お楽しみが始まりますよ！」と、良い笑顔を向けた。

何が起きているのかわからないまま、促されるままに身支度を整える。事前に身支度を整えていたらしいヴィオラと共に、食堂へと向かった。

驚いて、思わず眉をあげる。

「……!?」

食堂が、ずいぶんと様変わりしていた。至るところに花が飾られている他、部屋中が様々な装飾で彩られている。テーブルの上には、いつもの朝食よりも豪勢な——かつてのアルバートの好物が並んでいた。

食堂にはいつも控えているハーマンやパメラやローズマリーの他、何故かハリーやマッシュもいた。

ハリーやマッシュはどこか心配そうに、アルバートの様子を見守っているようだった。

「こ、これは……?」

「旦那様、お誕生日おめでとうございます!」

驚くアルバートに、ヴィオラが満面の笑みでそう言った。

「誕生日……」

「忘れていましたか?　今日は旦那様のお誕生日です!」

「いや……」

忘れていたわけではなかった。ただ、けして祝われるような日ではない、と思っていた。

「みんなで旦那様のお誕生日をお祝いしたくて、内緒で用意したんですよ」

ヴィオラの言葉にアルバートが声も出せずに驚いていると、おそるおそるといった様子でパメラが口を開いた。

「差し出がましいとは思ったのですが、私たちもお祝いしたくて……」

ハリーやマッシュも、同じようにどことなく申し訳なさそうに頷《うなず》いている。

「私が旦那様のお誕生日を祝いたいとうんうん悩んでいたら、みんな一緒に準備をしたいと言ってくれたんですよ！」

「彼らが……」

驚きで声がかすれてしまった。

「みんな旦那様のことが、大好きですから」

ヴィオラが屈託なく笑った。

「お誕生日、本当におめでとうございます。旦那様が生まれてきてくれてよかったです！」

「……ああ、ありがとう」

気を抜けば、喉元にこみあげる何かが溢《あふ》れてきてしまいそうだった。溢れないように慎重に口を開いて、「とても嬉しい」と、小さな声で呟《つぶや》いた。

◇◇◇

アルバート様の誕生日は、世界で一番幸せなものにしたいなと思っていた。

私だけではなく公爵邸のみんながそう思っていたようで、昨日など夜遅くまで準備を手伝ってくれていた。

みんなはずっと、アルバート様のことを心配していたようだ。特にハリーとマッシュは小さいアルバート様がどんどん表情を無くしていく姿を見ていることしかできず、申し訳なく情けなかった、と言っていた。

思わず泣きそうになってしまったけれど、おそらくきっとアルバート様も、同じようなことを彼らに思っているのだろう。そう思うと辛くなり、夜は一人で号泣しながら作業をした。絶対にアルバート様を幸せにしてみせると固く誓った。

そうして迎えた今日が誕生日である。アルバート様は多分、とても喜んでいたと思う。

この一週間の間、お誕生日の計画を話している時にアルバート様に話しかけられ、絶対にバレてしまっただろうな……と焦っていたけれど、どうやらサプライズは成功したらしい。

アルバート様は飾られた花や装飾に優しい眼差しを向けながら、いつもよりゆっくりと朝食を食べていた。有能すぎる使用人たちの手柄が九割九分ながら、今日のお誕生日の始まりは上々だと、そうほくそ笑んでいたのだけれど。


……それなのに、どうして私はこんなに不器用なのだろう。

「これを、君が？」

お祝いの朝食を終えたあと移動した庭園で、アルバート様がそう言った。

「ぼろぼろですみません、あの、もう雑巾にでもして頂ければ……」

アルバート様が手に持っているのは、見るも無残な刺繍《ししゅう》が施されたハンカチだった。

「……これを、君が……」

アルバート様がまじまじとハンカチに目を落としている。上質な布を無駄にしてすみませんと内心平服しながら、私は「本当は何か素敵なものを買おうかと思ったんですけど……」と弁解をした。

「欲しいものは健康長寿とのことだったので、ついつい挑戦してしまって……この一週間、ずっと練習はしてたんですが、私、自分でもびっくりするほど不器用で……」

我が国では、夫や恋人に気持ちをこめて刺繍したものを贈るという文化がある。幸せを願いながら刺繍したものが、相手を守ってくれると信じられているらしい。

ちなみに刺繍のモチーフは、健康と幸運を象徴するらしい四葉のクローバーにした。しかしながら悲しいことに、どこからどう見ても羽がもげかけた蝶々《ちょうちょ》である。不吉がすぎる。

「うう、すみません……でも、もう一つプレゼントを用意していて！　そっちはすごくて……」

私が情けなさにうなだれていると、彼は首を横に振り、小さな声で「嬉しい」と呟いた。

「……こんなに嬉しい誕生日が過ごせるとは、思わなかった」

そう言いながら見惚れるほどに綺麗《きれい》な顔で「ありがとう」と微笑んだ。

気を遣ってくれているのだろう、と思ったけれど、どうやら本当に嬉しいと思ってくれているようで、心の底からほっとする。

私が安堵《あんど》に表情をゆるめた途端、アルバート様が思わず、といった様子で「この一週間……少し寂しかったが、私のために色々計画してくれていたんだな」と小さな声で呟いた。

「え、寂しかった、ですか？」

アルバート様が、しまったという顔をする。どうやら本当に寂しかったらしい。

驚いた。アルバート様はこの一週間、かつてないほどのハイスピードで仕事を終わらせていると聞いて、これ幸いと私がいない間にお仕事に集中しているんだなと思っていたのだ。

それを聞いてむしろ私の方が、ちょっと寂しい気持ちになっていたのだけれど。

「あの、旦那様を喜ばせたかったのに、寂しくさせてしまったことは申し訳ないんですけど……」

「……！　す、すまない、君を責めるつもりではなくて、ただ……」

「あ、違うんです、嬉しくて！」

逆に自分を責め始めそうなアルバート様に慌ててそう言った。

「旦那様に本当の気持ちを教えてもらえるのは、信頼されてる感じがして嬉しいです！　旦那様が何も言えないまま我慢して、私がそれに気付かないまま、というのが一番嫌ですから」

特に私は、思い込みが激しくなる時がある。

野生の勘が働くこともあるけれど、今回みたいに他のことで頭がいっぱいになっている時は、その勘が全く働かないぽんこつなのだ。

「それは……」

しかしアルバート様は、ちょっとだけ視線を逸らし、口ごもりながら口を開いた。

「私は君に、自由に憂いなく過ごしてほしいと思っていて……」

「大丈夫ですよ！　私は旦那様の気持ちを知っても、自由に憂いなく過ごしますから！」

むしろ今我慢しているのかもしれないな、と思われた方が憂いてしまいます。私がそう言うと、アルバート様がそれは盲点だった、というように目を見開いた。

「だから、旦那様の気持ちを教えて頂いた方が、私は幸せに過ごせます。……寂しかったですか？」

私がそう言うと、アルバート様が一瞬逡巡《しゅんじゅん》して、「ああ」と頷いた。

「………すごく寂しかった。だけど今日は、とても嬉しかった」

はにかみながらそう言うアルバート様に、心臓が摑《つか》まれる。

ただでさえ世界で一番恰好《かっこ》いいというのに、まさか世界で一番可愛いとは思わなかった。

これでは妻としての立つ瀬がない。これが前世でよく聞いた、けしからんもっとやれという心情か……とアルバート様の尊さを嚙《か》み締《し》めつつ、私は嬉しくなって「私もです」と微笑んだ。


「実は私は、あまりこの季節の庭園が好きじゃなかった」

「えっ」

おやつにマッシュが作った特製三段ケーキ——もちろん、お誕生日おめでとうと書かれたチョコが載っている——を食べていた私は、アルバート様の言葉にびっくりした。今まさに、この季節の庭園にいたからだ。

「……だけど、これから好きになれる気がする」

部屋に戻ろうかと提案しようとした私に、アルバート様がそう微笑んだ。

「……良かったです」

嬉しくなって、つられて微笑んだ。これからはなんとなく、アルバート様が自分の気持ちを、自分から言ってくれるんじゃないかと思ったのだ。

うんうん、なんだか日々良い夫婦になってきてるな……これはもう世界一のラブラブ夫婦といって差支えがないのでは……と感慨に耽《ふけ》る私に、アルバート様がまた口を開いた。

「それから今日、朝起きて、君が隣で眠っていてくれたことも嬉しかった」

「……！　そ、そうですか……」

早起きのアルバート様が一人で食堂に行かないよう、さらに早起きしていつ起きるか見守っていたのだけれど、いつの間にか眠ってしまったのだった。意味がない。食堂で待っているべきだった。

色んな意味で恥ずかしいな……と思っていると、急にアルバート様が爆弾みたいなことを言った。

「今度は君と一緒に、眠りにつけたら嬉しいと思う」

「そっ……」

それは。夜一緒に寝るということだろうか？

　私とアルバート様は、いまだ初夜を迎えていない。色々あったし、落ち着いてからかな、多分一年後くらいには一緒のベッドで眠れるかなあと、勝手にそう思っていたのだ。

「も、勿論、君が嫌なことはしない。不埒《ふらち》な目的ではなく、ただ純粋に、一緒に眠れたらと思っただけで」

　黙りこくり、どんどん顔を赤くする私に、アルバート様が大いに焦っている。

　嫌なことはしないということは、嫌ではないことはするのだろうか。アルバート様にされて嫌なことなど、今のところ思いつくものが一つもないのだけれど。

「……………すまない。少し、調子に乗ってしまった」

　茹《ゆ》で上《あ》がって戻らないのではと思うほどに、顔を真っ赤に染めたアルバート様が呻《うめ》くように言った。

「あ、あの。もう一つのプレゼントは、旦那様の好きそうなものを、また王都で一番のお針子さんに作ってもらったのですが、とても大きくて。今は持ってきてなくて……」

　アルバート様に負けず劣らず、私の顔も真っ赤になっているだろう。けれど一生で一番の勇気を振り絞って、私は「夜、持っていきます」と呟いた。

この度は『次期夫人の役割だけを求めてきた、氷の薔薇と謳われる旦那様が家庭内ストーカーと化した件』をお手にとっていただきありがとうございます。作者の皐月めいと申します。

あらゆることを受け流せるメンタルの強いヒロインと、そんな女の子に救われるヒーローが書きたい！　という気持ちからこのお話を書き始めました。

いつでも明るく前向きで毎日を楽しんでいるヴィオラは、書いていてとても楽しかったです。

そして前半は果てしなく好感度が低かったであろうアルバートですが、私が今まで書いたお話の中でも一番優しい忠犬ヒーローになったのではないかと思います。

そんなアルバートとこれからも全力で楽しい日々を送っていくヴィオラと、大好きなヴィオラを幸せにするべくちょっとずれた（便利な）ストーカーとして邁進していくアルバート。

書いているうちにどんどん大好きになっていったこの二人を、お読みくださった読者様にも好きになっていただけたらとても嬉しいです。

そしてイラストを担当してくださった石沢うみ先生、最高にかわいくて美しいヴィオラとアルバートをありがとうございました！

ドストライクな二人に、作業中にやにやが止まりませんでした。今も止まりません。

そして本作は、そんな超美麗なイラストを担当してくださった石沢うみ先生によるコミカライズ一巻・二巻が発売されています。

す。

「もはや画集かな……?」と思ってしまうほどの美しさはもちろん、原作からときめきが超絶パワーアップされています……!

どきどききゅんきゅん間違いなしのコミックス、書籍と合わせてどうぞよろしくお願いいたします。

またご指導くださった編集様、デザイナー様、本作の刊行でお世話になったすべての皆様、本当にありがとうございます。

そしてお読みくださった読者様に、最大の感謝を。本当にありがとうございました。

いつかまたどこかでお目にかかれることを心から願って。

皐月　めい

Kラノベブックスf

次《じ》期《き》公《こう》爵《しゃく》夫《ふ》人《じん》の役《やく》割《わり》だけを求《もと》めてきた、氷《こおり》の薔《ば》薇《ら》と謳《うた》われる旦《だん》那《な》様《さま》が家《か》庭《てい》内《ない》ストーカーと化《か》した件《けん》

皐《さ》月《つき》めい

2023年12月26日第1刷発行

発行者　森田浩章
発行所　株式会社 講談社
〒112-8001　東京都文京区音羽2-12-21
電　話　出版　(03)5395-3715
販売　(03)5395-3605
業務　(03)5395-3603
デザイン　c.o2_design
本文データ制作　講談社デジタル製作
印刷所　株式会社ＫＰＳプロダクツ
製本所　株式会社フォーネット社

KODANSHA

ISBN978-4-06-534537-5　N.D.C.913　307p　19cm
定価はカバーに表示してあります

ファンレター、
作品のご感想を
お待ちしています。

あて先
〒112-8001　東京都文京区音羽2-12-21
(株) 講談社　ライトノベル出版部 気付
「皐月めい先生」係
「石沢うみ先生」係